光文社文庫

闇処刑

警視庁組対部分室

南　英男

光　文　社

この作品は二〇一七年七月に刊行された
『闇処刑　警視庁組対部分室』に、
著者が大幅に加筆修正したものです。
この物語はフィクションであり、作品中に登場する
人名や団体名、建物名、事件名などはすべて
実在のものとは一切関係ありません。

目次

第一章　告発議員の死

1

いつもよりもピッチが速い。

愉(たの)しい酒だからか。力丸直人(りきまるなおと)は築地(つきじ)の料亭街の外れにある創作和食料理店で、大学時代のゼミ仲間の友成諭(ともなりさとし)と酒を酌(く)み交わしていた。

二〇二四年七月上旬のある夜だ。九時を回ったばかりだった。

まだ梅雨(つゆ)は明けていない。外は蒸し暑いが、店内はほどよく冷房が効いている。

二人は個室で向かい合っていた。二畳ほどの広さだ。どちらも斬新(ざんしん)なオリジナル料理をつつきながら、日本酒のロックを傾けていた。

同じ四十一歳の友成は福岡在住で、地方紙の社会部記者だった。取材で数年ぶりに上京したのである。友成は妻帯者だが、まだ若々しい。典型的な熱血漢だ。しかし、やたら正義を振り翳すことはなかった。

力丸は警視庁勤務の刑事だ。

二年一カ月前まで捜査一課第五強行犯捜査殺人犯捜査第七係の係長だったが、現在は組織犯罪対策部に出向中の身である。職階は警部だ。

力丸は神奈川県横浜市出身だった。実家は、いまも市内にある。力丸は都内の有名私大の法学部を卒業し、警視庁採用の一般警察官になった。

子供のころから正義感は強かった。といっても、何か思い入れがあって職業を選択したわけではない。なんとなく自分はサラリーマン向きではないと自己判断したのだ。

力丸は警察学校を出ると、杉並署地域課に配属された。一年数カ月は交番勤務だった。その間、幸運にも指名手配中の凶悪犯を三人も緊急逮捕することができた。職務質問が功を奏したのだろう。

そうした手柄が認められて刑事に昇任され、渋谷署刑事課強行犯係を拝命した。力丸は制服が好きではなかった。刑事になれたことを素直に喜んだ。

その後、力丸は池袋署刑事課に異動になり、十年前に本庁捜査一課勤めになった。

それ以来、一貫して殺人事件捜査に携わってきた。数々の手柄を立てたことは事実だが、力丸は決して〝点取り虫〟などではない。

それどころか、ほとんど出世欲はなかった。ただ、現場捜査にはできるだけ長く就いていたいとは願っていた。力丸は文武両道の敏腕刑事だが、くだけた人間である。

酒と女に目がない。

まだ独身とあって、夜遊びは大好きだった。特に容姿に恵まれているわけではないが、なぜだか高校生の時分から異性には好かれた。

それをいいことに、力丸は多くの女性と接してきた。

しかし、ただの女たらしではない。根はロマンチストだった。いつか理想の相手と巡り逢えるという思い込みがあって、恋愛を重ねてきた。

残念ながら、運命の女性はまだ見つかっていない。高望みしすぎているのか。そう思いながらも、適当に妥協する気にはなれなかった。

力丸は現在、二十九歳の女性と交際している。井村香奈という名で、外資系保険会社の会社員だ。個性的な美人である。気立ても悪くない。

二人は一年十カ月あまり前に赤坂のショットバーで出会い、大人の関係を保っている。ともに結婚には消極的だった。

男女の仲だが、お互いに相手を束縛することはなかった。二人は心と体に渇きを覚えたときにデートをして、ホテルで甘やかな時間を共有する。会うのは月に二、三度だった。

力丸は、香奈に中堅商社の社員だと偽っていた。自分が刑事だと打ち明けたら、彼女はどう反応するだろうか。リアクションを見てみたい気もするが、むろん素姓を明かすつもりはなかった。

世間ではあまり知られていないが、殺人事件の捜査は捜査一課の専売特許ではない。実際、暴力団構成員や不良外国人が関与した殺人事件の捜査はたいがい組織犯罪対策部（略称組対部）が担当している。

とはいえ、暴力団係は殺人捜査のエキスパートではない。

容疑者の特定に手間取った場合は、事件が発生した所轄署に捜査本部が設置されて捜査は地元署と本庁捜査一課に引き継がれる。つまり、組対部は主導権を奪われる形になるわけだ。時間切れで、脇役にされるのは忌々しいはずだ。

そんなことで、二年一カ月前に組対部分室が非公式に新設されたのだ。力丸は助っ人としてチーム入りした。

本家筋に当たる組対部は、およそ千人の大所帯である。同部は二〇二二年四月の再編で、五つの課と組織犯罪対策特別捜査隊（組特隊）にまとめられた。新体制は、組対総務課、犯罪収益対策課、国際犯罪対策課、暴力団対策課、薬物銃器対策課、組特隊に分かれている。

力丸が所属する組対部分室は二〇二二年六月に新設され、組対部全課に関わりのある殺人事案の早期解決に力を尽くしている。

司令塔は江角啓二組織犯罪対策部部長だが、特命の窓口は有村敦分室室長だ。部長は五十一歳で、職階は警視長である。有資格者だった。江角部長が分室に姿を見せることはない。

四十三歳の有村は理事官と分室室長を兼務している。ふだんは本部庁舎の五階にある組対部の刑事部屋に詰めていることが多い。職階は警視正だ。部長と室長は既婚者だった。

力丸は一応、分室捜査班の班長である。肩書は立派だが、部下はたったの一名しかいない。尾崎徹平という氏名で、三十四歳だ。職階は警部補だった。

尾崎はやくざ顔負けの強面で、眼光が鋭い。おまけに巨体だ。威圧感は半端ではなかった。暴力団関係者も目を逸らす。

尾崎は見かけによらず、気は優しい。人情味のある好人物だ。極真空手四段の有段者で、五人の組員をわずか数分でぶちのめしたという武勇伝がある。事実、強かった。

尾崎は組対部分室ができる前、外道たちが引き起こした殺人事件を何件かスピード解決させていた。その功績が買われ、力丸の相棒に抜擢されたのである。

早婚だった尾崎は、すでに二児の父親だ。娘が七歳で、息子は四歳だったか。妻は元看護師である。世話好きで、姐御肌だった。

アウトロー絡みの殺人事件に有力者たちが関わっていることがある。金銭や痴情の縺れによる殺人事件の捜査よりも、はるかにやり甲斐はある。力丸は尾崎とタッグを組んで、これまでに八件の難事件の謎を解いた。

二人には専用覆面パトカーとして灰色のエルグランドが貸与され、刑事用拳銃シグＰ230Ｊの常時携行を特別に認められている。殺人以外の違法捜査も黙認されていた。

証拠固めが捜査の基本だが、コンビは焦れて容疑者たちをしばしば締め上げている。もちろん、一般市民に手荒なことはしない。痛めつける相手は凶暴な無法者や犯罪者に限られていた。

組対部分室のことは、上層部と捜査一課の刑事しか知らない。分室は本部庁舎の五階の片隅にある。十一階の記者クラブ詰めの報道記者たちにも気づかれていないだろう。

コンビは分室で時間を潰しながら、出動指令を待つ。退屈しかけたころに出番が回ってくると、無性に嬉しくなる。

力丸たちは、だいたい三、四日で事件を落着させてきた。捜査一課の面々に悔しがられている。ライバル視され、捜査妨害をされたことも幾度かあった。

「東京で何か事件の手がかりを得られそうなのか？」

力丸は友成に訊いた。

友成は、先月の中旬に博多で車ごと爆死させられた元国会議員の岩佐恭太郎、六十八歳の事件の取材を担当していた。岩佐はホテル、観光バス会社、不動産会社、土木会社、水産加工会社などを傘下に収める有名な企業グループの総帥だった。事業の基盤を築いたのは、炭鉱労働者出身の父方の祖父だ。

その息子である二代目は商才があったようで、さらに多角経営に乗り出して財を成した。三代目に当たる岩佐恭太郎は事業よりも政治に関心を寄せ、大学卒業後、民自党のベテラン国会議員の書生になった。

私設秘書を六年ほど務め、公設第一秘書として正式に採用された。そして、四十一歳のときに都議会議員になった。国政選挙に出馬したのは、ちょうど五十歳のときだった。選挙戦に勝ち抜き、晴れて衆議院議員になった。

最大派閥に入ってからは、とんとん拍子に出世した。二度も入閣したが、四年前の致命的な失言で政治生命をみずから絶つことになってしまった。岩佐は郷里に戻り、亡父の企業グループの経営に専念するようになった。

「今朝の一番機で東京に来たんだが……」

「いまのところはな。デスクに明日の夜まで時間を貰ったから、朝になったら、岩佐と親しくしてた政治家や官僚に片っ端から会いに行くつもりだよ。被害者は他人を踏み台にして政界でのし上がった男だったから、敵は多かったにちがいない」

友成が言って、純米酒のロックを傾けた。

「おれの記憶では、岩佐恭太郎が収賄の嫌疑をかけられたことはないと思うが……」

「ああ、そうだな。巧みにヤミ献金を大企業から貰ってたんだろうが、ヘマはやらなかったんだろう。しかし、いろいろ悪い噂が耳に入ってた」

「九州の裏社会とも繋がってたんだろうな」

「その裏付けは取ってある。岩佐は九州の反社会的勢力だけじゃなく、広島、徳島、兵庫の暴力団の力を借りて事業を拡大してきたんだよ」

「裏社会の連中と何かで利害が対立したことは？」

「岩佐が自分でハンドルを握ってたベントレーにリモコン爆弾が仕掛けられてたんで、てっきり裏社会の人間が犯行を踏んだと思ってたんだが、読みは外れた。裏社会の者とは何も揉めてなかったんだよ」

「そうなのか。商売敵に恨まれてもなかった？」

力丸は畳みかけた。

「ビジネスでのトラブルもなかったんだ」

「なら、痴情の縺れがあったんじゃないのか。どうなんだい？」

「岩佐は二人の若い愛人を囲ってたんだが、彼女たちともうまくいってた」

「そう。奥さんが夫の浮気に腹を立てて、犯罪のプロを雇ったとは考えられないか？」

「被害者は若い時分から女にだらしがなかったんで、奥さんはとうの昔に諦めモードに入ってたようだな。だから、いまさら第三者に夫を始末させる気にはならないだろう」

「そういうことなら、妻はシロっぽいな」

「おれは、議員時代に岩佐が野党議員を傷つけて憎まれていたんじゃないかと筋を読んで東京に来たんだ」

「待てよ、友成。岩佐は四年も前に政界を退いてる。たとえ野党の誰かに恨まれてたとしても、だいぶ時間が経ってるぞ。いまになって仕返しをする奴はいないだろ？」

「しかし、傷つけられた側の恨みや憎しみは四、五年で消えないんじゃないのか」

「憎しみが強ければ、そうだろうな。岩佐はワンマン経営者だったようだから、グループ会社の役員を不当に降格して、その人物に復讐されたのかもしれないぞ。友成、考えられないか？」

「確かに岩佐のワンマンぶりはひどかったらしいよ。でもな、不当な降格人事はなかったんだ」

「なら、傘下のグループ会社の社員や役員が岩佐を殺害した疑いはなさそうだな。福岡県警の捜査は難航してるのか」

「ああ、そうなんだ。まだ容疑者の絞り込みもできてない」

「そうか。まさか例の『救国同盟』と称する謎のテロ組織が岩佐恭太郎を始末したんじゃないだろうな」

「おれもそう疑ったんだが、『救国同盟』はこの一年間に国家を私物化してた政治家、官僚、財界人、民自党の元老、最後のフィクサーと呼ばれた怪物など十八人を抹殺した。いずれも大物ばかりだった」

友成が言った。

「そうだったな。岩佐が大物と言えるかどうかは微妙だね」

「だな。『救国同盟』は世直しが必要だと説いて凶行を重ねてきたが、標的は腐り切った権力者だけだった。密かに拍手してる市民は案外、多いんじゃないのか」

「そうだろうな。この国の舵取りをしてる有力者の多くは国民のことよりも、自分を利することを最優先してきたという印象が強い。要するに、私利私欲に取り憑かれた連中だ」

「利己的な政治家を選んだ国民にも責任はあるが、エゴの塊みたいな国会議員、官僚、財界人を野放しにしといたら、この国は駄目になってしまうだろう」

「正体不明のテロリスト集団の犯行は過激だが、共感できる部分もあるよな」

「力丸、現職刑事がそこまで言っちゃってもいいのか。聞かなかったことにしておこう。『救国同盟』は要人を暗殺するたびにマスコミ各社にネットカフェからフリーメールで犯行声明を送りつけているんだが、いまだに尻尾さえ摑まれてない。頭の切れる奴らが無人小型飛行機に爆薬を積んで、標的を爆死させてる。捜査当局にとって、実に手強い相手と言えるだろうな」

「本庁の捜一と公安部は、警察庁から連日のように発破をかけられてるようだぞ」

力丸は言った。

「半分冗談だが、日本を駄目にした政官財人どもを皆殺しにするまで『救国同盟』のメンバーには捕まってほしくないね」

「コメントを控えさせてもらおう」

「立場上、そう言わざるを得ないよな。一連の要人暗殺に使われた炸薬で岩佐は爆殺されたわけじゃないから、『救国同盟』の仕業ではないだろう」

「そう考えてもよさそうだな」

「明日は朝から取材だが、今夜は飲もう！」

友成が酒を呷って、同じものをオーダーした。力丸もグラスを高く掲げた。

二人は肴をつつきながら、ひとしきり昔話に耽った。

二時間あまり経つと、友成が生欠伸を噛み殺した。どうやら酔いが回ったようだ。

力丸はトイレに立つ振りをして、こっそり勘定を払った。個室に戻ると、友成が腰を上げた。

「だいぶ飲んだんで、ちょっと眠くなってきたよ。おれ、チェックインした東銀座のホテルに戻るわ。また上京したら、一緒に飲ろうじゃないか」

「そうしよう」

「おれが誘ったんだから、支払いは任せてくれ」

「もう勘定は済んでる」

「えっ、駄目だよ。力丸、おれに恥をかかせないでくれ」

「次は友成に奢ってもらうよ。行こう」

力丸は先に店を出た。友成が倣う。

二人は創作和食料理店の前で、右と左に別れた。友成が投宿先に向かって歩きだした。

力丸は飲み足りなかった。料亭街の向こう側に、昭和レトロを漂わせた老舗バーがある。

力丸は、その店に足を向けた。

百メートル近く進むと、黒塀に囲まれた料亭の前にハイヤーが横づけされていた。レクサスやセンチュリーが目立つ。そのあたりは軒灯で仄かに明るい。

力丸は何気なく黒塗りのハイヤーに目をやった。後部座席に乗り込もうとしている紳士には見覚えがあった。

目を凝らす。

男は、国土交通省の山内幹雄副大臣だった。テレビで観るよりも、だいぶ若く見える。とても六十五歳には見えない。二世議員のひとりだった。

見送りの男たちは大手ゼネコンか、航空会社の役員たちかもしれない。三人とも初老で、揃って恰幅がよかった。副大臣を接待して、何か頼み事をしたのではないか。

山内が身を屈めた。

次の瞬間、斜め向かいの雑居ビルの非常階段の踊り場で点のような銃口炎が瞬いた。

銃声は耳に届かなかった。

山内が呻いて、横倒しに転がった。頭部に被弾したようだ。

見送りの男たちが相前後して山内に駆け寄り、三人がかりで上体を抱え起こした。首を垂れた副大臣は微動だにしない。すでに息絶えているのか。

「早く救急車を呼ぶんだ」

上役らしき男が、かたわらの者に指示した。四十代半ばに見える男が震える手で懐を探った。

力丸は暗がりを透かして見た。

雑居ビルの非常階段を駆け降りてくる男が視界に映じた。黒ずくめの服装で、沈んだ色のスポーツキャップを目深に被っている。

顔かたちは判然としなかったが、動作はきびきびとしていた。多分、二、三十代だろう。

不審な人物は狙撃者と思われる。よく見ると、トロンボーンケースを抱えていた。中身は消音型の自動小銃か、狙撃銃だろう。

怪しい男が雑居ビルの敷地内から走り出てきた。

力丸は男を追いはじめた。あいにく丸腰だったが、少しも怯まなかった。

不審者の逃げ足は速い。力丸は懸命に追跡した。

黒ずくめの男は大通りまで突っ走り、待ち受けていた仲間の白いアルファードに乗り込んだ。ほとんど同時に、アルファードが急発進した。ナンバープレートの数字は、薄茶の粘着テープで隠されていた。

力丸は全力疾走した。

だが、みるみる引き離される。ほどなくアルファードの尾灯（テールランプ）は闇に紛（まぎ）れた。

力丸は追うことを断念し、夜空を仰（あお）いだ。星も月も浮かんでいなかった。

山内は政治家だが、『救国同盟』のこれまでの犯行手口とは異なる。贈収賄を巡って、国土交通省と縁の深い大企業との間に確執（かくしつ）めいたものがあったのだろうか。それとも、山内副大臣は誰かに憎まれていたのか。

もう飲み直す気は失（う）せていた。自宅の賃貸マンションに帰ることにした。

力丸は最寄りの地下鉄駅に向かった。

2

登庁したのは午前九時数分前だった。

通用口から警視庁本部庁舎に入った力丸は、急ぎ足でエレベーターホールに足を向けた。友成と酒を飲んだ翌朝である。前夜のアルコールは体から抜けていた。

本部庁舎は地上十八階、地下四階だ。屋上には二層のペントハウスがある。どちらも機械室だ。屋上はヘリポートになっている。

エレベーターホールには、十数人の警察官や職員がたたずんでいた。

本部庁舎では約一万人が働いている。数が多いから、全員と顔見知りというわけではない。顔と名前まで憶(おぼ)えているのは、せいぜい百数十人だ。

エレベーターの数も多い。高層用、中層用、低層用、人荷用、非常用合わせて十九基もある。力丸は少し待って、低層用エレベーターに乗り込んだ。函(ケージ)に入ったのは自分だけだった。

五階でケージから出る。

力丸はエレベーターホールをさりげなく見回したが、報道関係者の姿は目に留まらなかった。同じフロアに組織犯罪対策部長室、同総務課、暴力団対策課などが並んでいる。

力丸は、奥にある組対部分室に入った。

予備室というプレートが掲げてあるが、言うまでもなくカムフラージュだ。分室は十五畳あまりの広さで、左手には二卓のスチールデスクが置かれている。その背後には、キャビネットやロッカーが据えてある。

反対側には、四人掛けのソファセットが置かれていた。殺風景だが、割に落ち着ける。力丸は気に入っていた。居心地は悪くない。

相棒の尾崎はソファにゆったりと腰かけ、全国紙の朝刊に目を通していた。

「尾崎(ザキ)、おはよう!」

力丸は声をかけた。尾崎が挨拶を返し、新聞を折り畳んだ。

「いま、お茶を……」

「そのまま、そのまま！」

力丸は手で制し、尾崎と向かい合う位置に坐った。

「昨夜、国交副大臣の山内が築地の料亭街で何者かに射殺されましたね」

「そうだな。今朝のテレビとウェブニュースで、そう報じられてた」

「犯行の手口は違いますが、例の『救国同盟』が山内副大臣の事件に関わってるとは考えられませんか？」

「まだ何とも言えないな。実は、おれ、犯行を目撃したんだよ。機捜や築地署の人間が臨場する前に事件現場から遠ざかったがな」

「そうだったんですか」

尾崎は驚きを隠さなかった。

力丸は経緯を尾崎に語った。学生時代からの友人が取材で上京したことにも触れた。

「そういえば、先月、元国会議員の岩佐恭太郎がベントレーごとリモコン爆弾で殺られたんでしたね。福岡県警の捜査は難航してるようですが……」

「そうみたいだな。それで、おれの友人の『西日本タイムズ』の社会部記者は東京に取材に来たんだよ。そいつは失言癖のあった岩佐が議員時代に野党議員を侮辱したんで、憎まれてたんじゃないかと推測してた」

「でも、岩佐が政界を去ったのはもう四年ぐらい前ですよね？」

「そうだな。仮に野党議員が岩佐恭太郎に人格を踏みにじられたとしても、復讐したとは考えにくい。尾崎は、そう思ったんだな」

「ええ。力丸(リキ)さんは新聞記者の筋読みについて、どう感じたんです？」

「友人の筋読みは外れてると思うが、岩佐は地元では特にトラブルはなかったそうなんだよ」

「そうなんですか。そうなら、記者さんの推測はあながち的外れ(まとはず)でもないのかもしれませんね」

尾崎が呟(つぶや)いた。

「そうなんだろうか」

「力丸さん、岩佐恭太郎の死と山内国交副大臣の事件はリンクしてるとは考えられませんか。どちらも国政に関わる仕事をしてたわけでしょ？」

「二人が殺害されたのは単なる偶然ではなかったと断定できる材料はなさそうだな。どっちも民自党の国会議員だったから、当然、交流はあっただろう」

「そうでしょうね。岩佐は議員時代に山内国交副大臣と結託して、不正な方法で選挙資金を調達してたんじゃないのかな。その悪事が発覚しそうになったので、二人は秘書か誰かが勝手にやったことだと逃げを打ったのかもしれませんよ」

「濡衣(ぬれぎぬ)を着せられた者がわざと時間を措(お)いてから、岩佐と山内に報復をしたんじゃないかという筋読みだな？」

力丸は確かめた。

「はい、そうです」

「こじつけっぽいな」

「そうでしょうか」

「無理があるよ。第一、岩佐と山内が東京地検特捜部や本庁(うち)の捜二(そうに)の知能犯係の内偵対象になったという話は聞いたことがないぞ」

「ええ、確かにね」

「二つの事件はリンクしてないだろう。もしかしたら、山内副大臣は『救国同盟』に始末されたのかもしれないな。これまで謎のテロ集団は国家を私物化してた十八人の有力者をドローンを使って爆殺してきたが、意図的に別の手口を使う気になったと考えれば……」

「昨夜の射殺事件は一連の要人暗殺と繋(つな)がってる可能性はゼロではないでしょうね。お言葉を返すようですが、なぜ急に犯行手口を変える必要があったんです？　素朴な疑問なんですが」

「これまでの連続暗殺で『救国同盟』は失敗（ドジ）は踏んでない。事件現場近くでドローンの操縦者らしき人物を目撃したという証言は警察に寄せられたが、容疑者を割り出すまでには至っていないよな」

「そうですね」

「しかし、これまで通りにドローンを用いた爆殺を重ねつづけたら、いつか操縦者の身柄（ガラ）を押さえられてしまう危険性もあるじゃないか」

「それで、正体不明のテロ集団は別の犯行手口を使うようになったんでしょうか」

「きのうは一連の要人暗殺と手口が異なるんで、山内の射殺はリンクしてないと思ったんだが、ひょっとしたらと考えるようになったんだよ。ただ、山内は一度も大臣経験がない」

「ええ」

「まだ大物とは言えない国会議員だから、暗殺の対象になるかどうかという疑問は残るよな？」

「ですね。爆殺された十八人はそれぞれ権力や財力を握ってましたが、山内国交副大臣はまだ小物です。『救国同盟』がそんな国会議員まで抹殺するでしょうか」

「そうなんだよな。その点を考えると、昨夜の狙撃は一連の要人暗殺とは切り離したほうがいいのか」

「それは、ひとまず措いときましょうか。トロンボーンケースを抱えて仲間のアルファードで逃走した黒ずくめの男は陸自のレンジャー隊か空挺団にいたとは考えられませんかね。あるいは、傭兵崩れなのかもしれません」

「消音型のライフルか狙撃銃で山内を一発で仕留めたんだから、特殊訓練を受けた奴なんだろうな」

「狙撃者が本庁の『SAT』（特殊急襲部隊）か『SIT』（特殊犯捜査係）にいた奴だったとしたら、最悪ですね。ただでさえ警察に不信感を持ってる市民は少なくありませんから」

尾崎が溜息混じりに言った。

「そうだな。山内副大臣を射殺した犯人が警察関係者じゃないことを祈ろう。それはそうと、尾崎は一連の要人暗殺について、どう思ってる？」

「恐るべき凶悪犯罪ですよね。アナーキーを超えて、シュールとも言える凶行です。ですが、犯行声明通りに堕落した権力者たちを一掃しなければ、この国は再生できないという大義に嘘がないとしたら……」

「蛮行と切って捨てることには若干の抵抗がある？」

「はい。不謹慎と謗られそうですが、義賊の側面があるんで、大目に見てやりたいと心情的には思っちゃいますよね。力丸さんはどうでしょう？」

「国家を私物化してる権力者たちは早く排除したほうがいいと思ってるよ。法治国家で暗殺はよくないと思いつつも、この国をまともにしなければという気持ちは理解できる。法は万人に平等であるべきだが、権力や財力を握った成功者たちは法の網を巧妙に潜り抜けて悪事を重ねてるじゃないか」

「残念なことですが、そのことは強く否定できませんね」

「こんなことを言ってるおれたちは、警察官失格なんだろうな」

力丸は自嘲して、ソファから立ち上がった。自分の机に向かう。

尾崎がソファから腰を上げ、ワゴンに歩み寄った。

ワゴンの上には、ポット、コーヒーメーカー、急須、茶筒、茶碗、マグカップなどが載っている。別に頼んだわけではないが、尾崎はいつも自発的に日本茶かコーヒーを淹れてくれる。

「悪いな、尾崎」

「いいえ。力丸さん、どっちにします？」

「緑茶がいいな」

「たまには、おれが茶かコーヒーを淹れないとな」

力丸は少し気が引けた。

別段、上司面をしているわけではなかった。班長の自分がワゴンに近づいたら、厭味に映るのではないか。そう考え、茶の用意をしてこなかったのだ。

尾崎が二つの湯呑み茶碗を載せた盆を持って、摺り足でソファセットに戻ってきた。コーヒーテーブルに盆を置き、ソファにどっかと坐る。

力丸は自席から離れた。ソファセットに戻り、尾崎の正面に腰を落とす。

「少し熱いですよ」

尾崎がそう言い、湯呑み茶碗の一つを力丸の目の前に置いた。

力丸は礼を言って、日本茶を啜った。尾崎も大きな手で湯呑み茶碗を掴み上げた。妙に茶碗が小さく見える。

「力丸さん、そろそろ年貢を納めたら？　運命の女性を見つけられる男なんて、この世に何人もいないんじゃないですか？」

「妥協して、早く結婚しろってことか」

「ええ、まあ。結婚は人生の墓場なんて言葉がありますが、自分、幻滅したことはないですね。妻の存在はありがたく思えますし、二人の子供も生きる張りになっています。家族を背負う大変さはありますが、頑張らないとという活力も生まれるんですよ。四人で一緒に食事をしてるだけで、なんか仄々とした気持ちになります」

「顔に似合わないことを言いやがるな。尾崎は見てくれが筋者と変わらないんだから、少しは荒んだとこを見せてくれないと……」

「イメージとは大違いでしょうけど、家庭って悪くないですよ。力丸さん、もう女遊びに倦きてもいいんじゃないですか」

尾崎が言った。

「おれをそのへんのスケコマシと一緒にするな。セックスだけが目的で女漁りをしてるわけじゃないんだ」

「そうなんでしょうが、もう若くないんだから」

「それがどうした？」

「お茶飲んでからまないでくださいよ。俗説ですが、二番目に好きな相手と結婚したほうが幸せになれるみたいですよ。惚れ抜いた相手と暮らしたら、後はアラが気になってしまうんでしょう。適当なとこで手を打って、所帯を持つほうがいいと思いますがね」

「ご意見無用！」

力丸は右手を突き出し、笑いを含んだ声で言った。尾崎が微苦笑する。

「尾崎、話題を変えよう。一昨日の夜、麻布署管内で野党国会議員の浦野正輝がホテルの一室で絞殺されたよな。五十八だったか」

「ええ、そうですね。凶器は電気の延長コードでした」

「うん、そう報じられてたな。浦野は十人足らずの少数野党『新光クラブ』に属してたんだが、〝暴露屋〟の異名をとる爆弾男として知られた議員だった」

「そうでしたね。浦野議員は政権党の閣僚たちの収賄事実を暴いて、過去に三人の大臣を辞職に追い込みました。どの告発も確証があったんで、与党議員たちに恐れられていましたよね」

「そうだったな。一部の週刊誌は浦野正輝のことを〝追い込み屋〟と書きたててた」

「ええ、その記事は自分も読みました。浦野議員が体を張って堕落した民自党の大物たちの汚職に斬り込んだ勇気を称えてましたね」

「だな。民自党の大物議員の中には裏社会の首領と親しくしてるのもいる。それでも、浦野正輝は怯むことはなかった」

「ええ。命懸けで腐敗した保守系議員たちの犯罪を暴きつづけていたら、いつか自分は葬られるだろうと覚悟してたんではないでしょうか」

「そうかもしれない。そんな覚悟を持った国会議員はほかにいないんじゃないか。国会で正義漢ぶってパフォーマンスを見せる野党議員は何人もいるがな」

「浦野正輝ほど捨て身で政治家の不正を国会で暴いた議員はいないでしょうね」

「浦野が殺害された現場には、関東誠道会の構成員である田代潤、三十四歳が倒れてたんだったな」

「そうです、そうです。犯行現場に遺されてた凶器には田代の指掌紋が付着していました。それで、田代は臨場した所轄署の捜査員に緊急逮捕されたわけです」

「通報したのはホテル関係者じゃなく、電話による匿名の密告だったんだろう？」

「その通りです。やくざの田代は麻布署で強く犯行を否認して、誰かに自分は嵌められたにちがいないと繰り返し訴えました」

「田代は知り合いの情報屋から本庁組対部薬物銃器対策課の刑事が関東誠道会に潜り込んでると聞いて、指定された六本木エクセレントホテルに出向いた。しかし、九〇一号室に入室する直前に何者かに催眠鎮静剤ミダゾラムでおとなしくさせられたと田代は供述したんだよな？」

「そうです。そのことを裏付けるように、田代の体内からミダゾラム〇・〇三ミリグラムが検出されたんですよ。しかも凶器の電気の延長コードには田代の指紋と掌紋がくっきりと付着してたし、刃渡り十六センチのコマンドナイフも所持してたんで、すぐには釈放されなかったんです」

「麻布署にひと晩留置された田代は銃刀法違反で書類送検されてから、ようやく釈放されたんだったな」

力丸は言った。

「ええ。釈放はされたものの、まだ〝重要参考人〟と目（もく）されているはずです。それはそれとして、田代は情報屋の清岡精次（きよおかせいじ）、四十七歳に虚偽情報（ガセネタ）で引っかけられて殺人犯に仕立てられたんではないかと考え、すぐ情報屋の家（ヤサ）に行ったんでしょう。しかし、清岡は姿をくらましてました。田代は舎弟と一緒に清岡の潜伏先を探ってるようです」

「そうか。初動捜査で被害者（マルガイ）の浦野議員と田代には接点がなかったことは明らかになってるんだろう？」

「はい。二人は一面識もありませんでした。したがって、利害が対立することはあり得ないわけですよ。誰かが浦野殺しの罪を田代におっ被せようとしたことは間違いないと思います」

「そうなんだろう。しかし、国会議員殺しで暴力団関係者を犯人に仕立てようと企(たくら)んだ狙(ねら)いがまったく読めないな。浦野を亡(な)き者にした真犯人(ホンボシ)は組員の田代に何か弱みを握られて、たびたび金をせびられたんだろうか」

「力丸さん、そうなのかもしれませんよ。一昨日の絞殺事件の犯人は田代だけではなく、浦野議員にも犯罪かスキャンダルの証拠を押さえられてたんじゃないんですか」

「冴(さ)えてるな。そう推測すれば、やくざの田代が浦野正輝殺しの犯人に仕立てられそうになった説明がつく」

「ですよね。浦野議員は主に民自党の大物の汚職や大口脱税を国会で告発してきました。そうした犯罪には、エリート官僚や財界人などが絡んでます。それだけを考えると、民自党の大臣クラスの議員を怪しみたくなります」

尾崎が言った。

「そういう予断は禁物だな。確かに浦野正輝に急所を握られた保守系の大物議員、それから周辺の官僚や財界人を疑いたくなる。しかし、頭を白紙の状態にしてから考えるようにしないと、誤認逮捕をやらかすことになりかねない」

「違法捜査は大目に見てもらっていますが、江角部長も有村理事官も誤認逮捕は絶対に見逃してくれないでしょう」

「だろうな」

「『救国同盟』が本気で世直しを標榜してるんだったら、国会の爆弾男の死を惜しむでしょうね。浦野議員を殺したのが腐った政官財界人のひとりだったと知ったら、おそらく密かにそいつを処刑するだろうな」

「そんなことをされたら、警察は面目丸潰れじゃないか。謎のテロ集団に心情的に同調しても、何もかも黙認するわけにはいかない」

「わかっています。それはそうと、刑事部長は浦野議員の事件を捜一に委ねる気なんでしょうか」

「被害者が裏社会の人間なら、組対に出番が回ってくるだろう。しかし、六本木エクセレントホテルの九〇一号室で絞殺されたのは国会議員だったからな。初動捜査で片がつかなかったら、捜一が主導権を握るだろう」

「暗黙のルールでそういう流れになるんでしょうが、関東誠道会の田代潤が殺人犯に仕立てられかけたんですよ。一昨日の事件にもやくざ者が関わっていたわけです。こじつけと言われるでしょうが、麻布署に捜査本部が設置される前に組対部に数日間でも調べさせてもらいたいですね」

「半月以上も出動指令が下ってないんで、動き回りたくなったようだな」

「図星です。もっともらしい屁理屈を並べましたが、要するに現場捜査に出たくなったんですよ」

「おれも尾崎と同じ気持ちだが、それは上層部が判断することだ。どんな事件になるかわからないが、おれたちは特命が下るのを待つほかない。焦れても仕方ないよ。英気を養っておこうや」

力丸は相棒に言って、脚を組んだ。

3

鼾が聞こえた。

組対部分室のソファに坐った力丸は、読みかけの単行本から目を離した。相棒の尾崎は自分の机に突っ伏して、寝息を刻んでいる。

時刻は午後二時近い。コンビは数十分前に庁舎内の食堂で昼食を摂った。

大食漢の尾崎は二人前のランチを食べた。満腹になったことで、睡魔に襲われたのだろう。出動指令が下らなければ、特に職務はない。

力丸は相棒を起こす気はなかった。

頬を緩め、ふたたび本を読みはじめる。子供の貧困をテーマにした長編ノンフィクションだった。日本人児童の九人にひとりが飢えに苦しんでいるという現実を知って、かなりショックを受けていた。

シングルマザーたちの平均年収が二百万円そこそこだということも知らなかった。低収入では、自分の子供たちに満足な食事も与えられないのではないか。教育費はとうてい捻出できないだろう。

義務教育しか受けられなければ、どうしても職業の選択肢は少なくなる。貧困家庭の子女たちは豊かな生活とは縁遠くなってしまうのではないか。

格差社会が取り沙汰されて、すでに久しい。しかし、是正の兆しはいっこうに見えないと言えよう。この国は借金だらけだ。為政者を責めるのは酷かもしれないが、政治家や官僚たちは社会的弱者にもっと温かい眼差しを向けてもいいのではないか。

税金の無駄遣いをなくしただけで、救われる社会的弱者が増えるだろう。公共事業の見直しをして、大企業や高額所得者たちの脱税に目を光らせる。それだけでも、だいぶ違ってくるのではないか。

力丸はそこまで考え、思わず長嘆息した。

保守系政治家と大企業は、昔から癒着している。持ちつ持たれつの関係を保ちながら、それぞれが利を追い求める構図は少しも改まっていない。

政治家も大企業も数の論理に甘えて、利他（りた）の精神を忘れている。社会を動かしている人間や法人がそれでは、ただの拝金主義者とほとんど変わらないではないか。それだから、多くの国民が政治に絶望してしまったのだろう。

絶望からは何も生まれない。方法論は間違っているが、アナーキーなテロ集団『救国同盟』の苛立（いらだ）ちと焦（あせ）りは理解できなくもない。利己的な国民ばかりになったら、しまいに社会は崩壊するだろう。

力丸は自分の青臭さにある種の恥ずかしさを感じたが、エゴイストたちは嫌いだった。たとえ相手が社会的に尊敬されている名士（セレブ）でも、一緒に酒を酌み交わしたくない。むろん、友達にもなりたくなかった。軽蔑（けいべつ）すらしている。

上着の内ポケットで、私物のスマートフォンが震動した。マナーモードにしてあった。

力丸は懐から手早くスマートフォンを掴み出した。ディスプレイに目をやる。発信者は井村香奈だった。力丸はソファから立ち上がって、抜き足で分室を出た。

廊下に人影は見当たらない。力丸は分室の出入口から数メートル離れた場所で足を止め、スマートフォンを耳に当てた。

「待たせて悪かったな。近くに同僚たちがいたんだ。近いうちに連絡するつもりだったんだよ」

「そう。明け方、あなたの夢を見たの。今夜どうかしら？」

香奈がはにかみながら、色っぽく囁いた。

「おれも、きみに会いたいと思ってたんだ」

「よかった。それじゃ、いつもの赤坂のダイニングバーで七時半ごろに……」

「わかった。何か職場で厭なことでもあったのかな？」

「ううん、別に。ただ、あなたに会いたくなっただけ」

「そう」

力丸は通話を切り上げ、スマートフォンを麻の白いジャケットの内ポケットに戻した。

そのとき、エレベーターホールのある方向から有村理事官がやってきた。黒いファイルを手にしている。

「誰か女性と電話してたようだね」

「聞かれてしまいましたか。通話相手が女性とわかったのは？」

「きみの顔を見て、そう直感したんだよ。デートの約束をしたんだったら、相手の女性に恨まれそうだな」

「出動指令が出たんですね？」

力丸は確かめた。

「そうなんだ。一昨日の夜、六本木エクセレントホテルの九〇一号室で『新光クラブ』の浦野議員が絞殺された。その事件(ヤマ)をきみと尾崎君で捜査してほしいんだ」

「わかりました。江角部長の指令ですよね？」

「もちろん、そうだよ。刑事部長は今日にも麻布署に捜査本部(チョウバ)を立てる気でいたらしいんだが、関東誠道会の田代潤が加害者に仕立てられそうになった。それで、浦野議員の死には裏社会が絡んでる可能性があると主張して、組対部分室(うち)に四、五日与えてほしいと申し入れたんだよ」

「刑事部長は、すぐに首を縦に振ったわけじゃないんでしょ？」

「最初は譲る構えは見せなかったそうだ。組対部の江角部長は力丸・尾崎コンビの有能ぶりを強くアピールしたみたいだぞ」

「それで、刑事部長は折れたんですか」

「そうらしい。昨夜(ゆうべ)、築地で山内幹雄国交副大臣が狙撃銃で撃たれて死んだね」

「実は自分、暗殺場面を目撃してるんですよ。尾崎には、もう話しましたが……」

「そのときのことを詳しく教えてくれないか」

有村理事官があたりを見回してから、声を潜めた。

力丸は前夜のことをつぶさに語った。

「本庁の機捜も所轄署も、力丸君が犯行を目撃した事実は把握してないな」

「でしょうね。築地署の連中に分室の存在を知られたくなかったんで、自分は事件現場をすぐに離れたんですよ。まずかったでしょうか」

「いや、そうしてもらって正解だったよ」

「理事官、きのうの射殺事件の初動捜査情報はどの程度……」

「射殺犯は逃亡して非常線にはまったく引っかかっていない。目撃された白いアルファードは盗難車と思われるが、所有者の割り出しもできてないんだ」

「司法解剖は、東京都監察医務院で行なわれたんでしょ？」

「そう。射殺犯は名うての狙撃手と思われる。山内国交副大臣は頭部を正確に撃ち抜かれて、ほぼ即死だったようだ」

「弾頭は見つかったんですか？」

「貫通弾は、料亭の植え込みの中から発見されたそうだよ。ライフルマークから、旧ソ連製のドラグノフ狙撃銃と判明した。七・六二ミリ弾らしい」

「確かドラグノフは、半自動方式の最初の狙撃専用銃ですよ。狙撃銃の大半が現在もボルト・アクション方式を採用してますが」

「きみは銃器に精しいんだね。わたしは不案内なんだが、そんな古い旧ソ連製の狙撃銃が過去に日本で使われた例はなかったんじゃないか」

有村理事官が言った。

「おそらく前例はないでしょう。極東マフィアから日本に流れてきた凶器と考えられます。それにしても、旧式の狙撃専用銃が使用されたとはな。命中精度が高いと言われてますんで、あえて犯人は七・六二ミリのドラグノフ狙撃銃を選んだのか」

「そうなんだろうな。先日、博多で元国会議員の岩佐恭太郎がベントレーごとリモコン爆弾で殺害され、きのうの夜は山内国交副大臣が射殺された。民自党に籍を置いてたベテランが相次いで命を奪われたわけだ」

「ええ、そうですね。それだけではなく、一年ほど前から民自党関係者が九人、財界人六人、官僚三人が爆殺されました」

「そうだったな」

「謎のテロ集団『救国同盟』が国家を私物化してた政治家、官僚、財界人ら十八人を抹殺したという犯行声明をマスコミ各社に寄せました。岩佐恭太郎と山内幹雄の死は関連がないんだと思いますが……」

「リンクはしていないと思うが、一昨日は〝暴露屋〟と呼ばれてた『新光クラブ』の浦野議員が六本木エクセレントホテルの九〇一号室で絞殺された。浦野の事件も、一連の要人暗殺とは無関係だろう」

「繋がってはなさそうですね」

「尾崎君も分室で待機してたんだな？」

「ええ」

力丸は有村よりも先に分室に足を踏み入れ、大きな空咳をした。相棒は目を覚ましたのではないか。

奥に進むと、やはり尾崎は自席から離れていた。寝呆け眼を向けてくる。

「尾崎、おれたちの出番が回ってきたぞ」

力丸は相棒に指令内容をかいつまんで伝えた。尾崎が目を輝かせる。

「早速だが、きみらに初動捜査資料に目を通してもらおうか」

有村理事官がソファセットに歩み寄り、左手のソファに腰を沈めた。力丸たち二人は長椅子に並んで坐った。

「鑑識写真以外の調書類は、二部ずつコピーを取ってきた」

室長が膝の上でファイルを開き、挟んである写真の束をコーヒーテーブルの上に置いた。

それから初動捜査資料を二つに分ける。

「鑑識写真から見せてもらいます」

力丸は有村に断って、先に写真の束を手に取った。

カラー写真は三十葉近くあった。力丸は鑑識写真を繰りはじめた。殺害された浦野議員はコンパクトなソファセットのそばに倒れている。仰向けだった。首には電気の延長コードが二重に巻かれている。

被害者は薄く目を開け、舌の先を覗かせていた。左手は宙を掻き、右手は首に伸ばされている。スラックスの前は変色していた。尿失禁したのだろう。

死体写真ばかりではなかった。九〇一号室の室内写真も撮られている。

片方のソファが少しずれているだけで、人が争った痕跡はうかがえない。犯人は忍び足で浦野正輝の背後に迫り、無言で電気延長コードを首に回したのだろう。そして、両手で一気に絞めたにちがいない。

被害者から一メートルほど離れた床に、田代潤が俯せに倒れている。昏睡中に見えた。

初動の捜査員たちが部屋に踏み込んだとき、田代の鎮静剤は切れていなかったようだ。

「鑑識写真の中に混ぜてしまったが、田代の写真は麻布署の刑事が撮影したんだそうだよ」

有村が力丸に言った。

「緊急逮捕された田代は九〇一号室に入る直前に何者かに催眠鎮静剤ミダゾラムを静脈に注射され、殺人犯に仕立てられそうになったと供述したようですね」

「田代の首筋に注射痕があって、体内からミダゾラムの成分が検出されてるから、供述に偽りはないんだろう」

「でしょうね。田代は知り合いの清岡という情報屋の偽情報に引っかかって、のこのこ六本木エクセレントホテルに出かけたんでしょ？」

「そうなんだ。情報屋の清岡精次は組対部薬物銃器対策課の刑事が関東誠道会に潜入してるという作り話で、田代を九〇一号室に呼び出したんだろう」

「その清岡は自分の家にはいないようですね」

力丸は確かめた。

「そうなんだよ。情報屋の居所がわかれば、田代潤を絞殺犯に仕立てようとした奴を割り出せるんだろうが、おそらく飛んだんだろうな」

「ええ、そう考えるべきでしょうね。田代は緊急逮捕されたときにコマンドナイフを所持してたので、翌日、銃刀法違反で書類送検されてから釈放されたんでしょう？」

「そうなんだ。清岡に騙された田代は真っ先に情報屋の自宅に行ったはずだよ。しかし、清岡はとうに逃げてた。いまも田代は、清岡の行方を追ってるにちがいない」

有村が言って、口を結んだ。力丸は写真の束をかたわらの尾崎に手渡し、初動捜査資料をゆっくりと捲りはじめた。

アウトラインは、すでに相棒の尾崎から聞いていた。なぜ浦野議員は事件現場にいたのか。その疑問はすぐに解けた。公設秘書たちの話によると、被害者はもっともらしい密告を真に受け、事件当日、六本木エクセレントホテルにチェックインしたようだ。

匿名の密告者は現内閣の官房長官の汚職の立件材料を握っていると浦野に嘘をつき、ホテルの部屋を取らせた。浦野は九〇一号室で密告者と会うことになっていた。だが、それは罠だった。

浦野はまんまと罠に嵌まり、口を封じられてしまったのだろう。加害者はやくざの田代に罪をなすりつける準備をしてから、犯行に及んだにちがいない。その実行犯は、代理殺人を請け負っただけとも考えられる。

力丸は初動捜査資料をさらに読んだ。いつの間にか、隣の尾崎も事件調書の文字を目で追いはじめていた。

初動捜査資料で、殺された浦野議員がブレーンの元検察事務官のフリー調査員や犯罪ジャーナリストに大物政治家、エリート官僚、財界人の犯罪の立件材料を集めさせていた事実が明らかになった。

フリー調査員は室井潔という氏名で、四十七歳だった。室井は五年数カ月前に東京地検特捜部を去り、人権派弁護士や浦野議員に依頼された調査をこなしていた。

元検察事務官は数カ月前から、関東誠道会の権藤富士夫会長、六十二歳の身辺を嗅ぎ回っていたようだ。

当の室井は、そのことを警察関係者には認めていない。うっかり口を滑らせることによって、首都圏で四番目に勢力を誇る広域暴力団に命を狙われることを恐れているのだろうか。

犯罪ジャーナリストは長谷部涼太という名だった。力丸は、その名に聞き覚えがあった。先月の中旬に中野署管内で不審死した人物と同姓同名だった。

力丸は資料を読み通した。やはり、間違いない。三十八歳だった長谷部は何かの取材中に歩道橋の階段から転落死してしまった。

目撃者はゼロだった。ステップを踏み外して、階段の下まで転げ落ちたのか。あるいは、誰かに背後から突き落とされたのだろうか。

所轄署は事故と他殺の両面で現在も捜査中だが、行政解剖も司法解剖もされなかった。とうに亡骸は火葬されてしまった。

長谷部の遺品の中に、民自党の丹波将史議員、五十六歳の個人情報を記したメモがあった。犯罪ジャーナリストは丹波議員をマークしつづけていたと推測できる。

丹波は閣僚ではないが、三期も国会議員を務めたベテランだ。特定の企業と不適切な関係にあるとすれば、ヤミ献金をこっそり受け取っていた疑いはあるのではないか。

浦野議員は、自分のブレーンだった長谷部涼太が殺害されたという証拠を独自に摑んだのだろうか。そうだとしたら、浦野と長谷部は同一犯に命を奪われたのかもしれない。

「浦野はドン・キホーテ型の熱血漢だったから、私利私欲に走った悪徳政財界人たちには忌み嫌われていたんだろうね」

有村が力丸に言った。

「ええ、そうだと思います。ざっと捜査資料に目を通したんですが、フリー調査員の室井は知ってることをなるべく隠そうとしてるような感じでしたね」

「わたしも、そう感じたよ。もしかしたら、元検察事務官の室井潔は犯罪ジャーナリストと浦野議員の死に深く関わってる人物に見当がついてたのかもしれないな。しかし、確証を摑むまでは捜査関係者に迂闊なことは喋るわけにはいかないと考えたんじゃないだろうか」

「そうなのかもしれませんね。与党の大物議員は警察だけではなく、検察にも圧力をかけます。圧力に屈するキャリアがひとりもいないとは言い切れません」

「そうだね。いずれ政界デビューしたいと願ってる警察官僚は、大臣クラスの議員に泣きつかれたとき、毅然とした態度を取りつづけられない。外部の圧力を強く撥ねつけたら、出世に響くだろうからな」

「ええ」

「出世欲の強い人間は自分の野心を最優先しがちだから、不正に手を貸してしまうことがある」

「ですね。フリー調査員の室井潔は真実を握り潰されることを恐れて、積極的には捜査に協力しないのかもしれません」

「ああ、そうみたいだな。浦野議員の公設第二秘書の立花由華、二十八歳は被害者の実妹の長女なんだ。つまり、姪だね」

「そうなんですか」

「すべての女性の口が軽いわけではないと思うが、元検察事務官よりも捜査に協力してくれるんじゃないだろうか。なかなかの美人だそうだ。聞き込みは楽しいと思うよ」

「美人公設秘書は、まだ独身なんですか？」

「未婚だそうだよ」

「それじゃ、最初に聞き込みに行くかな」

「力丸さん、多情すぎますよ」

尾崎が初動捜査資料から顔を上げた。明らかに呆れ顔だった。

「おっさんたちに会うより、なんとなく心弾むじゃないか。尾崎、正直になれよ」

「自分は力丸さんと違って、病的な女好きじゃありません。聞き込みの相手が美人でも胸なんかときめきません」

「内輪揉めはそれぐらいにして、なるべく早く捜査に取りかかってくれないか。頼んだよ」

有村理事官がコンビを等分に見て言い、ソファから立ち上がった。

力丸は有村が分室から去ると、さりげなく廊下に出た。私物のスマートフォンを懐から取り出し、井村香奈に電話をする。スリーコールで電話は繋がった。

「都合が悪くなったみたいね」

香奈が先に言った。

「そうなんだよ。急に大きな商談がまとまったんで、取引先の担当役員を接待しなければならなくなったんだ」

「そういうことなら、デートは延期しましょうよ。残念だけど、仕方ないもの。都合のいいときにメールか電話をしてね」

「必ず連絡するよ。本当にすまない。何かで埋め合わせするから、勘弁してくれ」

力丸は謝って、電話を切った。

4

エンジンが唸り(うな)はじめた。

力丸は、エルグランドの助手席に乗り込んだ。本部庁舎地下二階の駐車場である。ドアを閉めたとき、運転席の尾崎が提案した。

「力丸さんは早く美人公設秘書に会いたいでしょうが、その前に田代潤から聞き込みをしませんか？」

「田代が清岡の偽情報(ガセネタ)に引っかかって、殺人犯に仕立てられそうになったことは初動捜査で確認済みなんだ。時間は有効に使おうや」

「田代の供述に嘘はないんでしょうが、何か隠してる気がするんですよ」

「何を隠してると思う？」

「もしかしたら、田代は注射の針を首筋に突き立てた奴の面(つら)を一瞬だけ見たのかもしれませんよ。首に痛みを感じたら、反射的に振り返るでしょ？」

「だろうな」

「田代を催眠鎮静剤を使って眠らせた者が浦野議員を絞殺した疑いは濃いですよね」

「そう考えてもいいだろうな」

「田代は相手を知ってたんではないでしょうか。そうだったとしたら、殺人犯と思われる人間から口止め料をせしめられるでしょう」

「尾崎、よく考えろよ。田代は殺人の濡衣を着せられそうになったんだぞ。強請（ゆすり）を思いつく前に、殺人犯と疑える奴のことは取調室で喋るんじゃないのか」

「やくざの大幹部たちは警察と持ちつ持たれつの関係を維持して、小さな犯罪には目をつぶってもらいたいと考えています」

「それは認めるよ」

力丸は相槌（あいづち）を打った。

「ですけど、下っ端の組員たちの大半は警察を目の敵（かたき）にしてます」

「だろうな」

「そういうことで、ベラベラと真相を話すことはないんじゃないですか。それに、田代はまだ貫目（かんめ）を上げていません。準幹部になるのに八、九年はかかるでしょう。どの組もリーマン・ショック以降、遣り繰り（シノギ）がきつくなっています」

「そのことは知ってる」

「三次の下部組織（エダ）になると、若い組員たちに未回収のみかじめ料を立て替えさせてます。昔はあまり擦（す）れてない家出少女を風俗で働かせてヒモみたいな暮らしもできましたが、それはもう無理ですね」

「だから、若い組員は金に余裕がないだろうってことだな」

「ええ、そうです。田代は自分に催眠鎮静剤ミダゾラムを注射した奴から多額の口止め料を脅し取る気でいるんじゃないかな」

尾崎が呟くように言った。

「ちょっと待てよ。初動捜査資料によると、釈放された田代は真っ先に情報屋の清岡精次の自宅マンションに行ったと記されてたぞ」

「ええ、そうですね。田代は清岡に騙されたことで頭にきてたんだと思いますよ。でも、怒りはそんなに大きくなかったんじゃないのかな。浦野正輝を殺ったと考えられる奴の面を見てたら、それが恐喝材料になりますからね」

「ああ、そうだな」

「田代が必死に清岡の居所を突きとめようとしたのは、強請のことで怪しまれたくなかったからなんじゃないでしょうか？」

「そう考えられないこともないな。関東誠道会の本部事務所は新宿歌舞伎町二丁目にあるはずだ。わかった、先に田代潤に会おう」

「了解！　新宿に向かいます」

尾崎がシフトレバーをＤレンジに入れた。エルグランドはスロープを登って、警視庁本部庁舎の外に出た。

力丸は班長面して、尾崎に専用覆面パトカーの運転をさせているわけではなかった。相棒は率先してドライバーを務めてくれていた。場合によっては、力丸がステアリングを握ることもあった。

数キロ先で、赤色灯を瞬かせた。幹線道路は、やや渋滞していた。時間が惜しかった。

目的地に着いたのは二十数分後だった。

関東誠道会の本部事務所は花道通りに面している。六階建ての持ちビルだ。外壁はチョコレート色だった。

代紋や提灯は掲げられていないが、一階と二階の窓の半分は厚い鉄板で覆われている。

本部事務所の前には、ロールスロイスとベンツＳＬ500が横づけされていた。オフィスビルと思う者はいないだろう。

尾崎が車を本部事務所の数軒先の飲食店ビルの前の路肩に寄せた。

力丸は先にエルグランドを降りた。尾崎がすぐにエルグランドの運転席から出て、力丸と肩を並べた。二人は短く逆戻りした。

尾崎が関東誠道会本部事務所のエントランスロビーに勝手に足を踏み入れた。力丸はつづいた。監視カメラが三台も設置されている。

奥から二人の若い男が走ってきた。

どちらも二十代の後半だろう。スキンヘッドの男は木刀を握っている。もう片方が手にしているのは金属バットだった。

「てめえら、どこの者でえ！」

頭を剃り上げた男が尾崎を睨めつけた。典型的な三白眼だった。いかにも凶暴な面構えだ。

「殴り込みじゃないから、いきり立つなって」

「とぼけやがって！　てめえは堅気じゃねえだろうがよっ」

「おれは筋者じゃない」

尾崎が言って、上着の中にごつい手を差し入れた。

二人の男が顔を見合わせ、数メートル後退した。尾崎が懐から拳銃を取り出すと早合点したようだ。

「目障(ざわ)りだから、その二人を撃(ハジ)いちまえ」

力丸は相棒をけしかけた。言うまでもなく、はったり(ブラフ)だ。

しかし、男たちは相前後して身を翻(ひるがえ)した。金属バットを握った男が奥に逃げながら、大声で加勢を求めた。

すぐに五人の組員が躍り出てきた。一様に殺気立っている。揃って若い。

「騒ぐな。おれたちは本庁の者だ」

尾崎がＦＢＩ型の警察手帳を高く翳(かざ)した。

男たちはきまり悪げな表情で、次々に会釈(えしゃく)した。

「早とちりでした。勘弁してください」

スキンヘッドの男が木刀を背の後ろに隠した。力丸は相棒を手で制して、スキンヘッドの男に顔を向けた。

「田代潤にちょっと確かめたいことがあるんだ。本部事務所にいるんだろ？」

「いいえ、いません。田代の兄貴が事務所に顔を出すのはたいがい夕方なんですよね。だから、まだ自宅にいると思います」

相手が答えた。力丸は尾崎の分厚い肩を軽く叩いて、先に表に出た。尾崎が従(つ)いてくる。

コンビは顔を見合わせ、小さく苦笑した。エルグランドに向かって無言で歩く。捜査資料を読んで、田代の現住所はわかっている。

渋谷区初台一丁目にある賃貸マンション住まいだ。捜査資料には、田代の顔写真も貼付してあった。力丸たちはエルグランドに乗り込むと、初台に向かった。十五分そこそこで、田代の自宅マンションに到着した。

尾崎がマンションの隣家の生垣の際に車を停めた。エンジンが切られる。

「力丸さん、正攻法の聞き込みじゃ有力な手がかりは得られないんじゃないですか?」

「だろうな。おれは浦野議員殺しの犯人に雇われた殺し屋に成りすまして、田代に鎌をかけてみるよ。そうすれば、田代が自分に注射を打った奴の顔を見たかどうかわかるだろうからな」

「いい作戦ですね」

「田代が家にいてくれるといいんだがな。尾崎は宅配便の配達人に化けて、田代の部屋のドアを開けさせてくれ」

「わかりました」

「田代が居留守を使ったら、こっちはピッキング道具を使ってドアのロックを解く。尾崎、行くぞ」

力丸は相棒を促し、エルグランドの助手席から出た。車を降りた尾崎が車を回り込んでくる。

二人は田代が借りている五階建てのマンションのアプローチを進み、エントランスロビーに入った。出入口は、オートロック・システムにはなっていなかった。常駐の管理人もいない。

田代の部屋は五〇五号室だ。力丸たち二人はエレベーターで最上階に上がった。

力丸は五〇五号室のドアの横の壁にへばりついた。部屋の換気扇が回っている。田代は在宅しているようだ。部屋の主は独り暮らしだった。来客がいないことを祈る。

尾崎が五〇五号室の前に立った。

力丸は色の濃いサングラスを掛け、前髪を額に垂らした。シグP230Jはショルダーホルスターの中だ。マガジンには六発ほど装塡してある。

尾崎がインターフォンを鳴らす。

ややあって、男の声で応答があった。部屋の主だろう。

「誰だい？」

「ウミネコ宅配便です。田代さんですね？」

「そうだが」

「冷凍食品ですので、できるだけ早くお渡ししたいんですよ」

「わかった。ちょっと待っててくれ」

「はい」

尾崎がドアから少し離れ、にんまりとした。

シリンダー錠を起こす音がして、象牙色のスチール製ドアが開けられた。力丸は素早く室内に躍り込み、自動拳銃を引き抜いた。セーフティー・ロックは掛けたままだった。

「だ、誰だよ!? そいつは真正拳銃(マブチャカ)じゃねえか」

田代が戦(おのの)き、後ずさった。

「奥には誰もいないな」

「ああ、おれひとりだよ。それより、何者なんでえ?」

「声が震えてるな」

「当たり前だろうが! おれは丸腰なんだ」

「部屋のどこかにノーリンコ54か何か隠し持ってるんだったら、取ってきてもいいぞ。丸腰の相手をシュートするのは、寝覚めがよくないからな。撃ち合ってもいいぞ」

「短刀(ドス)しか部屋にはねえよ。どこの誰なんだ? 会ったこともない奴に撃(ハジ)かれたんじゃ……」

「死んでも死にきれないか」

「ああ」

「おれは、六本木エクセレントホテルで国会議員の浦野正輝を絞め殺した者に雇われた掃除屋だよ」

力丸は言った。

「掃除屋？　ああ、ヒットマンのことだな」

「そうだ。そっちは雇い主に注射針を首に突き立てられたとき、反射的に振り返ったみたいだな」

「一瞬、振り向いたよ。けどな、おれを国会議員殺しの犯人に仕立てようとした奴の面ははっきりとは見えなかったんだ」

「こっちの依頼人は、そっちに顔を見られてしまったと焦ってた。警察が迫ってくる前に、そっちを片づけてくれとおれに二千万円の成功報酬を提示したんだ。やくざ者を始末して二千万貰えるなら、条件は悪くないと思ったんだよ」

「おれが麻布署で喋ったことは嘘じゃねえって。だから、殺さねえでくれ。頼む！」

田代が哀願し、両手を合わせた。

「本当におれの依頼人の顔をはっきりとは見てないんだな？」

「同じことを何度も言わせないでくれ」

「こっちの雇い主は、そっちを殺人者に仕立てようとした。依頼人が何者か知りたいだろうな」

「それはね。でも、口を塞(ふさ)がれたくねえな。浦野議員に何か恨みがあって絞殺したんだろうけど、おれには関係ないことだ。おたくの依頼人より、もっともらしい作り話でおれをはおたくの雇い主に頼まれて、おれを騙しやがったんだろう。行方をくらましたが、必ず情報屋を見つけ出して半殺しにしてやる」

「そっちが言ってたことを依頼人に伝えて、どうするか決めるよ。きょうは、いったん引き揚げよう」

「恩に着るよ」

「安心するのは早いな。場合によっては……」

力丸はシグP230Jをホルスターに突っ込み、五〇五号室を出た。エレベーターに乗り込んでから、尾崎に経過を話す。

「田代の言った通りなら、浦野殺しの真犯人(ホンボシ)を強請る気でいるかもしれないという推測は外れですね」

「そうなるな。尾崎、平河町の浦野の事務所に行こう」

「はい」

尾崎が口を閉じた。ちょうどそのとき、エレベーターの函が一階に着いた。

コンビは外に走り出て、慌ただしくエルグランドに乗り込んだ。尾崎が車を発進させる。

浦野正輝の事務所に着いたのは、およそ三十分後だった。事務所は貸ビルの四階にあった。

立花由華は職場にいた。母方の伯父の訃報を支持者たちに電話で直に伝えていた。息を呑むほど美しい。知的でありながら、色香も漂わせていた。力丸は、由華に一目惚れしそうだった。なんとか親しくなるチャンスを得たいものだ。

力丸たちは刑事であることを明かし、それぞれ名乗った。由華は自己紹介すると、来訪者を応接コーナーに導いた。

三人は総革張りの重厚なソファに腰かけた。力丸はコーヒーテーブルを挟んで向かい合った。

「お取り込み中に申し訳ありませんが、幾つか確認させてください」

「捜査には全面的に協力いたします。アイスコーヒーでもいかがでしょう？」

由華が心遣いを示した。

「どうかお気遣いなく。本庁機動捜査隊と麻布署の調べによると、あなたの伯父さんは正体不明の男に現職の官房長官の犯罪の証拠を提供すると言われ、その相手と六本木エクセレントホテルで会うことになったんですね？」

「はい、そうです。それで、わたしが部屋を予約しました。もちろん、伯父にそうするよう指示されたからです。そのことは事務所に居合わせた三人のスタッフが証言しているはずです」

「ええ、確かにね。浦野さんは秘書の方を伴わずに単身で六本木エクセレントホテルに向かわれたんですよね、タクシーを拾って」

「その通りです。しかし、約束の相手は九〇一号室にやってきませんでした。伯父は部屋に忍び込んだ者に背後から電気の延長コードを首に巻かれて……」

「そのあたりのことは、教えていただかなくても結構です」

「は、はい。九〇一号室に倒れていた田代という暴力団組員がてっきり伯父を絞殺したと思っていましたが、殺人の濡衣を着せられかけただけのようですね」

「そう思われるんですよ。初動捜査で被害者と田代潤には接点がないことが明らかになりましたんで、その判断は正しいんでしょう」

力丸はいったん言葉を切って、すぐ言い継いだ。

「浦野さんは国家を私物化してる政治家、官僚、財界人、フィクサーの犯罪や不正を国会で次々に暴露しました。告発材料は主に元検察事務官でフリー調査員の室井さんと犯罪ジャーナリストだった長谷部さんが集めてたんでしょ？」

「ええ、そうです」

「室井さんは最近、どんなことを調べてたんですか？」

尾崎が話に加わった。

「財務省理財局長の神林修司というキャリアが女性スキャンダルを関東誠道会の権藤富士夫会長に知られて、国有地の払い下げに便宜を図った疑いがあるといろいろ調べ回ってましたね。ただ、わたしは細かいことまで伯父からも室井さんからも教えてもらっていなかったんですよ」

「そうですか。先月の中旬に歩道橋の階段から転落死した犯罪ジャーナリストの長谷部さんは、民自党の丹波議員の収賄の証拠集めをしてたんでしょ？」

「伯父から、そう聞いていました。ですけど、具体的なことまでは教えてくれなかったんです」

「そう」

「関東誠道会の権藤会長が財務省高官の弱みにつけ込んで広い国有地を安く手に入れたこ

とが事実なら、疑わしいんじゃありません？」

由華が力丸の顔を正視した。

「ええ、そうですね」

「田代という男は関東誠道会の一員だと初動の刑事さんから聞きましたけど、権藤会長は国有地を不正な手段で得たかもしれないんです。田代という構成員は権藤会長の命令で、伯父を手にかける気で六本木エクセレントホテルに行ったとは考えられないでしょうか」

「考えられなくはありませんが、権藤が保身のために浦野さんを亡き者にしたいと願ってたら、流れ者か不良外国人あたりを刺客に選ぶでしょう。関東誠道会の構成員を使ったら、権藤会長は捜査当局に間違いなく怪しまれるでしょうから」

「そうでしょうね。犯人にされそうになった田代某が関東誠道会の一員だったことは単なる偶然と考えるべきなんでしょうか」

「ただの偶然だったんでしょうね。あなたの伯父さんは正義の人でした。だが、生身の男性ですよね。まだ五十八歳だったんですから、奥さんに隠れて……」

「伯父は妻子を大切にしてました。義理の伯母の目を盗んで浮気に走るなんてことは考えられません」

「そうですか。質問が失礼でしたね。勘弁してください。ところで、被害者は『新光クラブ』所属でした」

「それが何か……」

「政権を担ってる民自党は、大企業から多額の献金を貰ってます。第一野党の憲友党や日本革新党などにも大小の労働者団体からのカンパがあるでしょう。しかし、『新光クラブ』の党員は十人に満たない。告発材料を集めてた室井、長谷部の両氏に払う謝礼はどう工面してたんですかね」

「伯父をバックアップしてくれる進歩的文化人が割にいたんですよ。シンパの方たちの個人名を挙げることはできませんが、室井さんと長谷部さんにはそれ相応の謝礼を払ってたようです。時には、伯父が自分のポケットマネーを渡すこともあったんでしょう。伯父は名誉やお金に執着するタイプではなかったんですよ。妻子ともども、驚くほど質素な生活をしていました」

「そうですか」

「伯父が正義の仮面の下で何か悪事を働いてるのではないかと疑ってらっしゃるなら、それは見当外れですね」

「なんでも疑ってみる習性がついてしまったんですよ。刑事の悪い癖ですね。猛省します」

「これから、故人の支持者の方たちにお目にかからなければならないんですよ」

「わかりました。貴重なお時間を割いていただいて、ありがとうございました」

力丸は相棒に目配せして、ソファから立ち上がった。尾崎も巨体を浮かす。

そのまま二人は浦野の事務所を辞去した。力丸は、もっと由華と言葉を交わしたかった。

だが、もはや聞き込むことはなかった。まさかプライベートなことを質問するわけにはいかない。

第二章　国有地の払い下げ

1

応答がない。

インターフォンは沈黙したままだった。新宿区大久保二丁目にある情報屋の清岡の部屋だ。力丸たちコンビは浦野のオフィスを辞し、大久保にやってきたのである。

「やっぱり、清岡は飛んだままなんでしょうね」

相棒の尾崎が『大久保コーポラス』の二〇三号室のドアに耳を当ててから、首を横に振った。

「おれの読みは外れたな。清岡が裏をかいて、こっそり塒に戻ってるかもしれないと予想したんだが……」

「この三階建てアパートのどこかの部屋に匿ってもらって、清岡がひっそりと暮らしてるとは考えられませんか？」

「このアパートの入居者の大半はホステスと不法滞在の外国人と思われるから、警察とは相性がよくないんだろう。そうした連中が清岡を自分の部屋に匿うなんてことは考えられないな」

「そうでしょうか」

「こっちがピッキング道具を使ってドアのロックを外すから、尾崎は部屋の中を物色してみてくれ」

力丸は指示した。

「清岡に田代を嵌めさせた人物を割り出す手がかりが見つかるかもしれないと思われたんですね？」

「そう。あまり期待はできないが、一応、部屋の中を物色してみたほうがいいだろう」

「了解です。自分が目隠しになりましょう」

尾崎が階段の昇降口に背を向け、両腕を組んだ。歩廊の半分以上を塞ぐ形になった。

力丸は階段とは逆方向に目を配りながら、上着の内ポケットから二本のピッキング道具を抓み出した。片方は編み棒に似た形状で、もう一つは細くて平べったい。

力丸は鍵穴にピッキング道具を交互に挿し入れ、右手首を小さく動かした。

十数秒で、金属と金属が嚙み合った。捻ると、簡単にシリンダー錠が外れた。

力丸はピッキング道具を懐に仕舞い、相棒に目で合図した。尾崎が両手に布手袋を嵌めてから、清岡の部屋にそっと侵入する。

力丸は二〇三号室のドアに凭れる恰好で、見張りに立った。
七、八分経つと、二〇五号室のドアが開けられた。姿を見せたのは、南米系の顔立ちの女性だった。
髪をブロンドに染めている。二十代の半ばだろうか。黒いタンクトップに包まれた乳房は豊満だった。下は白のミニスカートだ。むっちりとした太腿がなまめかしい。

力丸は外国人女性に小さく笑いかけた。不審な人物と思われたくなかったからだ。

相手が笑顔で、ゆっくりと近づいてくる。立ち止まるなり、癖のある日本語で話しかけてきた。

「あなた、何してる？」

「知り合いの清岡さんを訪ねてきたんだが、留守みたいなんだよ」

「そう。あなた、警察とか出入国在留管理庁に関係ある人？」

「おれは平凡なサラリーマンだよ」

「そうなの」

「きみはコロンビア人かな？」

「それ、当たりよ。わたしの名前、カテリーナね。大久保通りの『シェイラ』って、ラテンパブで働いてる。でも、ホステスの仕事だけじゃ、お母さんにたくさん送金できない」

「大変だね」

「あなたがお店にちょくちょく来てくれたら、ホテルにつき合うよ。ショート、二万円でいい。ホテル代はお客さんに払ってもらってる」

「きみは好みのタイプだから、そのうち『シェイラ』に行くよ」

力丸は相手の気を引いた。カテリーナと称した女が嬉しそうに笑い、身をくねらせた。深くくびれたウエストが妖(あや)しかった。

「清岡さんとは顔見知りなんだろう？」

「そうね。よく立ち話をする。清岡さん、若いときから長くクラブやキャバクラで働いてたらしいから、とっても話しやすい。いい男性(ひと)ね。アンダーグラウンドの情報を売って食べてるみたいだから、危ない目に遭(あ)うこともあるみたいよ」

「そうだろうな」

「清岡さん、一昨日の夜から自分の部屋に戻ってない。やくざ(ギャングスター)に追われてるのかもしれないね」

「だとしたら、どこかに隠れてるんだろうか」

「わたし、昨日の夜、大久保通りの手前にある『パッション』というラブホテルで清岡さんを見かけたよ。けど、女の人と一緒じゃなかった」

「ラブホにひとりで泊まってるようだったのか」

「うん、そうね。わたしがお店のお客さんと腕を組んでエレベーターから出たら、廊下の向こうから清岡さんがひとりで歩いてきた。でも、わたしに気づいたみたいで逆戻りして部屋の中に引っ込んじゃった」

「外で飯でも喰うつもりだったのかな」

「そうなのかもしれないね」

「どうしても清岡さんに直に会って伝えたいことがあるんだ。『パッション』に連泊する気でいるんだろうか」

力丸は探りを入れた。

「それ、わからない。もうホテルにはいない気がするね。また、わたしと顔を合わせたら、カッコ悪いでしょ?」

「別のホテルに移るかもしれないな」

「清岡さん、怖い男たちに追われてるんじゃないかな。わたし、そう思った。それにしても、清岡さんは頭がいいね。まさかラブホテルに隠れてるとは、誰も思わないでしょうから」

「そうだね。一応、『パッション』に行ってみるか」

「それ、してみたら？　わたし、あなたのこと好きになりそう。待ってるから、『シェイラ』に来てね」

カテリーナが力丸の股間を軽く撫で、モンローウォークで遠ざかった。ラテン系の女性は逞しいのだろう。

力丸は微苦笑して、ドアから少し離れた。それから間もなく、尾崎が清岡の部屋から出てきた。表情が暗い。

「これといった手がかりは見つからなかったようだな」

力丸は先に口を開いた。

「ええ、残念ながら。探し方がラフだったのかもしれませんが、清岡を唆して田代を陥れようとした人間を割り出せそうな物は発見できませんでした」

「そうか」

「もう少し時間をかけて検べ直したほうがいいでしょうか？」

「いや、もういいよ。二〇五号室に住んでるコロンビア人女性から耳寄りな話を聞いたんだ」

「本当ですか」

尾崎がにわかに表情を明るませ、両方の布手袋を外した。力丸はカテリーナから得た情報を相棒に伝えた。

「清岡は盲点を衝いて、ラブホに隠れてるのかもしれないんですか。それも、すぐ近くだな。灯台下暗しという言葉がありますんで、そうなんですかね」

「『パッション』に行ってみよう」

力丸はピッキング道具をふたたび取り出して、手早くロックした。アパートの入居者に見咎められることはなかった。

力丸たちは階段を降りて、『大久保コーポラス』の敷地から出た。エルグランドに駆け寄り、ほぼ同時に乗り込む。尾崎が車を走らせはじめた。裏通りをたどって、大久保通り方向に進む。

百数十メートル走ると、ラブホテル街に入った。

情事用のホテルが飛び飛びに連なっている。午後五時を回っていたが、まだ明るい。それでも、何組かのカップルの姿が目に留まった。

パパ活に励んでいると思われる少女と初老の男がけばけばしいホテルに吸い込まれた。それを見たとき、力丸は人間の浅ましさを哀しく思った。自分も女好きだが、十代の娘を抱いたことはない。

青い果実は確かに新鮮なのだろう。男としては、開発の楽しみもあるにちがいない。しかし、まともな大人なら、十代の少女たちの体を弄ぶことに罪悪感を覚えるだろう。

「女子中・高校生が体を売って小遣いを稼いでる現実は嘆かわしいですね。そういう女の子たちは何を考えて生きてるのか。少女たちを金で買ってる男たちも異常ですよ。自分の娘よりも若い相手とナニしたいなんて、変態としか言いようがありませんよ」

尾崎の声には怒気が含まれていた。

「そうだな」

「力丸さん、まさか十代の娘をホテルに連れ込んだことはないですよね？」

「おれを変態連中と一緒にしないでくれ」

力丸は苦笑しながら、相棒に言い返した。

そのすぐ後、『パッション』のネオンが見えてきた。大久保通りの五、六十メートル手前だった。左側だ。

エルグランドはラブホテルの駐車場に滑り込んだ。客の車らしいセダンとワゴン車が一台ずつ隅のカースペースに納まっている。

尾崎は、専用覆面パトカーをホテルの玄関口のそばに駐(と)めた。

力丸は先に助手席から降りた。尾崎が車のエンジンを停止させ、巨身を縮めて車外に出る。

二人は『パッション』のエントランスロビーに足を踏み入れた。正面に客室写真のパネルが掲げられている。驚くことに、八室のランプが消えていた。使用中なのだろう。

左手に小さなフロントがあるが、従業員の姿は見当たらない。尾崎がのっしのっしと歩き、フロントのブザーを鳴らした。

少し待つと、フロントの奥から五十代後半の女性従業員が現われた。小太りで、髪は半白だった。

「警視庁の者ですが、ちょっとうかがいます」

力丸は一礼し、警察手帳を短く見せた。尾崎が小声で苗字を教える。

「事件の聞き込みでしょうか？」

「ええ、まあ。失礼ですが、お名前を教えてもらえますか」

「安西(あんざい)、安西姿子(しなこ)です。年齢までは答えなくてもいいでしょ？」

「ええ、結構です。早速なんですが、一昨日の夜、男のひとり客が来ましたよね」

「さあ、どうだったかしら？　モニターでお客さんを一応は確認してるんですけど、厳しくチェックしてるわけじゃないんですよ。ここはカップルが情事を娯しむ場所ですので。オーナーから、男性だけを泊めてコールガールやデリヘル嬢を部屋に呼んだりさせるなと言われてたんで、カップル以外は入れなかったと思います」

「防犯カメラの映像をすべて観せてもらうか」

「それはちょっと……」

安西姿子がうろたえた。

「困る？」

「え、ええ」

「捜査関係者に嘘をついたら、痛くもない腹を探られますよ」

「えっ、そうなの⁉」

「この男が泊まってたんでしょ？」

力丸は上着のアウトポケットから、写真の束を摑み出した。

初動捜査資料に添付されていた写真だ。清岡精次の写真を抜き出し、姿子に見せる。

姿子が目を伏せた。何かを隠したげな表情だった。清岡がこのラブホテルに投宿したことは間違いなさそうだ。力丸は確信を深めた。

「正直にならないと、何かと損になると思うがな」

尾崎が言葉に節をつけて言った。とたんに、姿子が落ち着きを失った。

「写真の男は、ある者に殺人容疑がかかるよう細工したみたいなんですよ。詳しいことまでは言えませんが」

力丸は穏やかに姿子に言った。

「それはひどい話だわ」

「人助けだと思って、捜査に協力してくれませんか」

「わかりました。その写真の方は、一昨日から三階の『カトレア』という部屋に泊まってらっしゃいます」

「やっぱり、そうだったか」

「オーナーに言われたことを忘れてたわけじゃないんですけど、写真の方は性質の悪い連中に命を狙われてるとおっしゃったんで、わたし、オーケーしちゃったの。それに、料金とは別に五千円のチップをくれると言われたんでね。わたし、時給千百円のパート従業員なんですよ」

「そう」

「汚れたシーツや使用済みのスキンを片づけたりしてるのに、時給が安いでしょ？　チップを貫いたかったの」

「写真の男は、いまも『カトレア』にいるんですね」

「はい」

「マスターキーを貸してもらえます？」

「それはオーナーの許可を取らないと、まずいな。すぐにオーナーのスマホに電話してみます」

「電話をしたら、あなたがオーナーの指示を無視したことを教えることになりますよ」

「そ、それは困るわ。わたし、オーナーには電話しません。すぐにマスターキーを持ってきます」

姿子があたふたと奥に走った。

力丸は清岡の顔写真をジャケットのアウトポケットに突っ込んだ。その直後、尾崎が小声を発した。

「まさか女性従業員を威（おど）すとは思いませんでしたよ。ちょっと意外でした」

「気の毒だとは思ったが、オーナーに反対されたら、マスターキーを借りられなくなるかもしれないからな。ピッキング道具を使うことは避けたいんだ」

「そうなんでしょうが……」

「後ろめたいが、時間を無駄にしたくないんだよ」

力丸は相棒を納得させた。

会話が途切れたとき、安西姿子が戻ってきた。ホルダー付きのマスターキーを差し出し、困惑顔で訴える。

「わたし、三階に行きたくないわ。『カトレア』にいるお客さんに恨まれたくないもの」

「あなたは一緒じゃないほうがいいでしょう。男が安西さんを人質に取って、ここから逃走する気になるかもしれないからね」

「人質にされたくないわ」

「ここにいてください。鍵、お借りします」

力丸はマスターキーを受け取ると、相棒とエレベーター乗り場に足を向けた。函(ケージ)に乗り込み、三階に上がる。『パッション』は四階建てだった。

『カトレア』は奥まった場所にあった。力丸はマスターキーを尾崎に預けた。

「勝手に客室のドア・ロックをピッキング道具で外したら、怪しまれる。それだから、わざわざマスターキーを借りたんでしょ？」

「ビンゴだ」

「芸が細かいですね。自分、感心しました。勉強になりましたよ」

尾崎が早口で言った。感心されるようなことではないだろう。

力丸は面映かった。曖昧に笑って、上着の内ポケットから二本のピッキング道具を取り出す。『カトレア』のドア・ロックは十秒そこそこで解除できた。マスターキーを使うよりも、音はたたなかったのではないか。

尾崎が心得顔で、『カトレア』のドアを少しずつ開けた。

力丸は先に室内に突入した。清岡はダブルベッドの横にあるラブチェアに腰かけ、所在なげに裏ＤＶＤを観ていた。

「な、何だよ!?」

「腰をラブチェアに下ろせ！　警視庁の者だ」

力丸は正体を明かし、警察手帳をちらりと見せた。尾崎が力丸の斜め後ろに立つ。

「おたく、桜田門の組対にいるんだよな。名前までは憶えてないけど、顔は知ってるよ」

清岡が尾崎に顔を向けた。

「そうか。あんた、関東誠道会の田代潤を偽情報で釣って、六本木エクセレントホテルに行くよう仕向けたなっ」

「なんのことかよくわからないな」

「突きか蹴りを喰らう前に素直に白状したほうがいいぞ」

「そう言われても……」

「時間稼ぎはさせないっ」

尾崎がラブチェアに近づき、清岡の上瞼のあたりを二本貫手で突いた。

力丸には手加減したように見えたが、清岡は唸り声を発した。ラブチェアから崩れ落ち、体をくの字に丸めた。長く短く呻いている。

「注射で田代をおとなしくさせた奴が、九〇一号室で『新光クラブ』の浦野議員を電気の延長コードで絞め殺したんじゃないのか。そいつは田代を殺人犯に仕立てる目的で、あんたを使ったんだよな！」

「うーっ」

「ちゃんと答えないと、顎の関節を外して十分ぐらい放置しておくぞ。激痛に耐えられなくなって、気を失うだろうな。それとも、両肩を外してやろうか。どっちがいい？」

「どちらも勘弁してくれよ」

「のた打ち回りたくないだろ？　誰に頼まれて、田代を六本木エクセレントホテルに行くよう仕向けたんだっ。田代は罠だとは知らずに九〇一号室に行って、殺人の濡衣を着せられてしまった。あんたの雇い主を吐かないと、とことん痛めつけることになるぞ」

「正体のわからない人物がおれの自宅アパートのドア・ポストに五十万円入りの封筒を投

げ込んでから、電話をかけてきたんだ」

「どうせなら、もっと上手に嘘をつけよ！」

力丸は、清岡を怒鳴りつけた。

「本当の話なんだ。謎の男は公衆電話を使ってたし、ボイス・チェンジャーで地声を変えてた」

「そっちと田代は旧知の間柄だったんだろうが！　どうして田代を罠に嵌める気になったんだ？　何かでトラブってたのか」

「いや、そうじゃないんだ。情報を買ってくれる相手が少なくなったんで、春先から金に困ってたんだよ。五十万円の臨時収入はありがたかったんで、相手の言われた通りにしただけだ。金だけ貰って何もしなかったら、半殺しにされるかもしれないという強迫観念が萎まなかったんで……」

「本当だなっ」

「ああ、嘘じゃないよ。それで、雇い主の言いなりになってしまったんだ。嫌疑が晴れて釈放された田代がおれに仕返しに来るのはわかってたから、このラブホに隠れることにしたんだよ」

「田代の首に催眠鎮静剤の注射針を突き立てた奴が浦野を絞殺したと思われるが、そいつが誰なのか思い当たらないか？」

「思い当たる人間はいないよ。田代には時機を見計らって、詫びを入れるつもりなんだ」

「土下座したって、赦してくれないんじゃないか。最悪の場合は田代に殺られるだろう」

「まだ死にたくない。おれを逮捕って、刑務所に送ってくれないか。服役中は田代に狙われないと思うから」

「こっちは雑魚には興味ないんだ」

「どうすればいいんだよ、おれは？」

「そんなこと知るかっ。田代に殺られたくなかったら、東京から消えるんだな。そっちは、どこの出身なんだ？」

「徳島だよ」

「田舎に潜伏してたら、そのうち田代に居所を突きとめられるだろう」

「どこに逃げれば、いいんだ。教えてくれよ」

「そんなこと、自分で考えろ」

「刑事は善良な市民を護る義務があるだろうが」

「そっちは善良な市民じゃない」

「くそ刑事ども！」

清岡が悪態をついて、拳でカーペットを打ち据えた。

力丸はせせら笑って、『カトレア』から出た。尾崎が従いてくる。

二人はエレベーターホールに急いだ。

2

追尾されているのか。

力丸は後続車が妙に気になって、エルグランドのルームミラーを仰いだ。大久保のラブホテルを出てから、ずっとハンドルを握っていた。気まぐれを装って、少し相棒を休ませてやる気になったのだ。

エルグランドは、世田谷区岡本三丁目にある元検察事務官の室井潔の自宅に向かっていた。室井は特にオフィスを構えているわけではない。数年前に亡母から相続した家屋で独り暮らしをしながら、さまざまな調査を請け負っている。

「力丸さん、何かを気にしてるようですね」

助手席の尾崎が問いかけてきた。

「『パッション』を出てから、後ろの灰色のプリウスに尾けられてるようなんだ」

「えっ、そうなんですか!? 自分、まったく気づきませんでした。浦野議員を殺した犯人が捜査の動きを探る気になったのかな」

「そうだったとしたら、かえって好都合じゃないか」

「ま、そうですね」

「プリウスのナンバープレートの数字は一字しか読み取れてないんだ。間に必ず三、四台の車を挟んで追ってくるんでな」

「尾行に馴れてるようだから、浦野の事件(ヤマ)に深く関与してる人間が調査会社に依頼したとは考えられませんか？」

「それはどうかな。ナンバーの頭には〝わ〟が冠されてる。調査会社のスタッフがレンタカーで尾行するのは、それほど多くないんじゃないか」

「かもしれません。会社は複数の車輌を所有してるでしょうから、車種を替えながら……」

「ああ、尾行や張り込みに当たってるんだろうな。ちょっとルートを変えるぞ」

力丸は次の交差点で、環状八号線から車を脇道に乗り入れた。

怪しいプリウスはたっぷりと車間を取りながらも、同じルートを走っている。尾行されていることは間違いないだろう。

力丸はエルグランドの速度を落とした。

プリウスも減速する。力丸は加速して、閑静な住宅街を進んだ。数百メートル先で裏通りに折れ、すぐにエルグランドを急停止させる。

少し待つと、プリウスが裏通りに入ってきた。

力丸はシフトレバーをＲ（リバース）レンジに移し、アクセルペダルを踏み込んだ。プリウスが焦（あせ）って停まった。力丸はエルグランドから出て、レンタカーに駆け寄った。

車内には二人の男が乗り込んでいる。二人は力丸を見て、ばつの悪そうな顔つきになった。片方はハンチングを被り、もうひとりは黒縁の伊達（だて）眼鏡をかけている。ともに警視庁殺人犯捜査第六係の刑事だった。

運転席にいるのは柿沼（かきぬま）という巡査部長で、ちょうど三十歳だ。助手席に坐っているのは佐原（さはら）警部補だった。

佐原が伊達眼鏡を外して、助手席から出てきた。力丸より五歳若い。

「力丸さん、危ないことをやりますね」

「おまえら、どういうつもりなんだっ」

力丸はプリウスを回り込み、佐原に詰め寄った。佐原は何も答えようとしない。

「まさか捜一課長の命令で、おれたちの動きを探ってたんじゃないだろうなっ」

「違いますよ」

「それじゃ、誰の指示だったんだ？」

「それは言えません」

「言うんだ！」

力丸は言うなり、佐原の右の向こう臑を蹴りつけた。佐原が呻いて、その場に屈んだ。

いつの間にか、尾崎が力丸の斜め後ろに立っていた。

佐原が尾崎を睨みながら、膝を伸ばした。

「なんだよ、その目つきは。おれとタイマン張る気になったんだったら、いつでも勝負してやる」

「自分らは身内同士でしょうが」

「同じ刑事でも気に喰わない野郎は、別に仲間じゃない。身内意識なんか棄てたほうがいいな」

尾崎が言い返した。

佐原が尾崎から目を逸らし、力丸を睨んだ。柿沼巡査部長はプリウスのハンドルに両手を掛け、下を向いている。

「おれが何かしたか？」

力丸は問いかけ、薄く笑った。

「狡いな。汚いですよ」

「おまえらこそ、汚い真似をするじゃないか。まだ麻布署に捜査本部は立ってないんだ。刑事部長と組対部長の話し合いで、組対部分室に四、五日捜査期間を与えられたことは上司から聞いただろうが！」

「ええ、それはね。ですが、短い間に浦野議員を絞殺した犯人を特定するのは難しいんではありませんか。どうせ捜一に捜査は引き継がれることになるでしょうから、自分らが力丸さんたちコンビの捜査がどこまで進んでるのか知っておきたくなっても……」

「おれたち二人は十件近く殺人事件を早期解決させてきた。今回の事件も、期限内に片をつける自信がないわけじゃない」

「あなたは捜一の人間ですよね。それなのに、組対に肩入れしてる。いったい、どちらの味方なんですっ」

「つまらないセクショナリズムに囚われるな。おれは組対部分室に出向中なんだ。いまは与えられた職務をこなしてる。それだけだ。どっちの味方かなんて質問は次元が低すぎるな」

「…………」

「警察社会は上意下達だが、くだらないことに拘るんじゃないよ。六係の下条係長の指示があっても、筋の通らないことには与するんじゃない」

「そう言われても、自分らは部下ですので」

「下条係長の独断だったんだろうが、刑事部長や組対部長の顔を潰すようなことをしたら、大変なことになるぞ」

「力丸さんは下条係長のことを刑事部長か組対部長にご注進に及ぶつもりなんですか？」

「告げ口なんかしない。今回は勘弁してやるが、こそこそと動くな。下条係長によく言っとけ！　以上だっ」

「一応、係長には伝えます。自分ら二人を嫌いにならないでくださいね。上司の指示に従っただけなんですから」

「佐原、アイドルみたいなことを言ってないで、さっさと失せろ！」

尾崎が苛立たしそうに大声を張り上げた。佐原はうつむき加減でプリウスの助手席に乗り込んだ。

「もう尾けてこないだろう」

力丸は相棒に言って、エルグランドに走り寄った。

尾崎が追ってくる。力丸は手早く車を発進させ、大通りをめざした。午後六時半を過ぎていたが、まだ残照で明るい。幾分、暑さは和らいでいた。

「室井宅は岡本三丁目二十×番地にあります」

尾崎が初動捜査資料を見ながら、そう告げた。

「麻布署の調べによると、室井の祖父は岡本周辺に広大な農地を所有してた。室井の父親の代で宅地化した農地を売って、五棟もマンションやアパートを建てたみたいだな。その家賃収入で一家は優雅に暮らしてたんだろうが、両親が他界したんで、ひとりっ子の室井が母親からそっくり遺産を相続した。何億円かの相続税を世田谷税務署に納めても、室井は一生喰えるんだろう」

「羨ましいことは羨ましいですが、そこまで経済的に恵まれてると、しゃかりきになって働こうとは思わなくなるでしょうね」

「だろうな。だから、室井潔は東京地検特捜部の検察事務官を辞めてフリーの調査員になったんじゃないか。生活の心配がないわけだから、がつがつと稼ぐ必要はない」

「そうなんですが、張りもないでしょうね。四十七歳まで独身なのは、財産目当ての女たちに多く接したんで、幻滅しちゃったのかな。そうだとしたら、リッチでも何だか不幸ですね」

「死ぬまで独身貴族を謳歌するのも、一つの生き方だと思うよ。別段、室井は孤独でもないんじゃないのか。人の生き方は、いろいろだからな。本人が納得してれば、どう生きてもいいはずだ。尾崎は家族の存在が張りになってるようだが、それだけが〝正解〟ってわけじゃない」

力丸は口を結び、運転に専念した。

それから十分ほどで、室井邸を探し当てることができた。敷地は四百坪前後はありそうだ。庭木が多い。奥まった所に大きな和風住宅が建っている。

「気後れしそうな邸ですね」

尾崎が言いながら、シートベルトを外した。力丸はエルグランドを室井邸の石塀に寄せ、エンジンを切った。

コンビは車を降り、室井邸の門扉の前まで歩いた。

尾崎がインターフォンを鳴らした。ややあって、庭先から甚平をまとった男が姿を見せた。室井だった。

「警視庁の者です」

力丸は門扉越しに語りかけ、姓だけを告げた。相棒も自己紹介する。

「再聞き込みですね？」

「ええ、そうです。ご協力願えますか」

「もちろんですよ。どうぞお入りください」

室井が潜り戸の内錠を外した。力丸たちコンビは長い石畳をたどり、ポーチに達した。請じ入れられたのは、玄関ホールに接した十二畳ほどの応接間だった。室井はエア・コンディショナーを作動させ、力丸たちをソファに坐らせた。ゴブラン織りの布張りで、クラシカルなデザインだ。コーヒーテーブルは大理石だった。

「すぐ戻ります」

室井が言って、応接間から出ていった。

「昭和のお大尽の家に来たみたいですね。数寄屋造りというのか、趣のある家屋だな」

「そうだな。間数は十室近くありそうだ。さぞ掃除が大変だろう」

「室井さんは定期的にハウスクリーニングのプロに掃除を任せてるんじゃないですか。家賃が月に四、五百万円入ってくるんでしょうから、どうってことはない出費だと思います」

「尾崎、主婦みたいなことを言うなって」

力丸は言った。尾崎が頭に手をやった。

そのとき、室井が戻ってきた。洋盆には二つのゴブレットが載っていた。

「聞き込みに歩いてると、喉が渇くんではありませんか。ただのコーラですが、よかったら……」

「恐れ入ります」

「まだ麻布署に捜査本部は設けられてないんですね」

「ええ。殺人犯に仕立てられそうになった田代潤は暴力団関係者なんで、何日か組対が捜査をすることになったんですよ」

力丸は説明した。室井がゴブレットをコーヒーテーブルに置いてから、力丸の前のソファに腰を落とした。

「一日も早く浦野先生を手にかけた加害者を捕まえてほしいですね。右寄りの言論誌は先生のことを目立ちたがり屋のパフォーマーだと扱き下ろしてましたが、無欲な正義の士でしたよ」

「そうだったんでしょう。日本を駄目にした有力者たちを本気で糾弾する気だったんで、あえて憎まれ役を買って出たんだと思ってます」

「その通りです。この国で甘い汁を吸ってる大物たちは、私利私欲の権化に成り下がってしまいました。先進国の仲間入りはしたんですが、政治家、官僚、財界人で日本の将来を真剣に考えてる者は数える程度しかいないんじゃないのかな」

「そうなんでしょうね」

「そもそも政治家の世襲がよくありませんよ。二世、三世にまで甘い水を与えようとする考えは間違っています。民主的ではないからね。欧米では、二世、三世の政治家なんて皆無に近いはずです。北欧の政治家は一種のボランティアと考えて、少ない議員報酬しか得ていません」

「そうらしいですね」

「国会議員になって、名声と富を得たいと考えてはいけないんですよ。キャリア官僚も天下りを重ねて、何度も高額な退職金を貰っては駄目なんです。大企業も政権与党にすり寄って、自社の利潤をアップさせたくて有力議員にヤミ献金なんかしてはいけないんだ。民自党の総理大臣経験者たち元老も、陰で政財界を操ってはよくない。闇の勢力を利用している政治家や警察官僚も、人間としては下の下でしょう」

「話の腰を折るようですが、こちらにも少し喋らせてもらえます？」

力丸は遠慮がちに言った。

「失敬、失敬！　つい興奮して、長々と喋ってしまいました。どうぞ確認されたいことをおっしゃってください」

「はい。初動捜査情報ですと、被害者の依頼で室井さんは関東誠道会の権藤富士夫会長が不正な手段で国有地を超安値で払い下げてもらった裏付け(ウラ)を取ろうとしてたそうですね？」

「ええ、そうです。権藤は財務省理財局長の女性スキャンダルの証拠を握って、港区内の一等地の国有地をたったの三億二千万円で落札した疑いがきわめて濃厚なんです。実勢地価は十二億円以上の価値のある物件なんですよ」

「その国有地の売買契約書の写しは入手したんでしょうか？」

「表の契約書のコピーは手に入れたんですが、その売買価格は十二億三千万円になってます。ただ、裏契約書のコピーでは価格は三億二千万円と明記されていました。そのコピーは、財務省の内部告発者が匿名でわたし宛に書留で送ってくれたんですよ。裏契約書のコピーは、二カ月ほど前に浦野先生に渡しました」

「内部告発者を見つけることはできたのでしょうか？」

尾崎が会話に加わった。

「いろいろ手を尽くしてみたんですが、誰が内部告発者かはわかりませんでした」

「そうですか。権藤富士夫は表向きの売買金の十二億三千万円をいったん国に支払って、後で差額分を得たんでしょうね？」

「それについては未確認です。ですが、権藤が三億二千万円で国有地を払い下げてもらったことは間違いないでしょう。権藤は強引な地下げで価値のある商業地を安く手に入れ、それを転売して幾度も大きな利鞘を稼いでたんですよ。転売ビジネスでしこたま儲けてた男が、高値で国有地を買うわけありません。そんなことをしたら、でっかく儲けられないでしょ？」

「そうですね」

「権藤はダミー会社を使って、問題の国有地を十三億円で買ってくれないかと大手不動産会社に打診してます。声をかけられた会社は体よく断ってますがね。その裏付けは取りました」

「そうですか」

「財務省の神林理財局長が囲ってた若い愛人のことも調べ上げました」

「その彼女のことは初動捜査でわかっています。元お天気キャスターの香取葉月、二十八歳ですよね？」

力丸は相棒よりも先に声を発した。

「そうです。葉月は毎月、百万円の愛人手当を貰ってるようですよ。神林はキャリア官僚ですが、年収は千数百万円でしょう。自分で愛人手当を調達できるとは思えません」

「国有地の払い下げに便宜を図って、不動産会社や個人の資産家から多額の謝礼を貰ってたのかもしれませんね」

「多分、そうなんでしょう」

「浦野議員はあなただけではなく、犯罪ジャーナリストの長谷部さんにも大物政治家の犯罪の証拠を押さえてほしいと頼んでたんでしょう？」

「そうです。長谷部君は民自党の丹波将史の収賄の証拠を握りかけたんじゃないだろうか。具体的なことは浦野先生からも長谷部君からも聞いてませんが、おそらく汚職の立件材料を手に入れたんだと思います。どうぞ飲みものを……」

室井が勧めた。

力丸はゴブレットを手に取って、清涼飲料水で喉を潤した。相棒の尾崎も力丸に倣った。

「長谷部さんは先月の中旬、丹波議員の周辺を取材中に中野署管内の歩道橋の階段から転げ落ちて亡くなってしまったんですね」

力丸は室井の顔を正視した。

「ええ、そうです。所轄署は事故と他殺の両面捜査をしていますが、長谷部君は丹波将史が雇った奴に背中を強く押されて階段の下まで突き落とされたんでしょう。その日、彼は酒を一滴も飲んでいませんでした。高齢者じゃないんで、ステップを踏み外すとは考えにくいでしょ？」

「そうですね。丹波議員を怪しみたくなるでしょうが、それを裏付ける物証も証言もありません」

「そうなんだが、丹波は限りなくクロに近いと思います。浦野先生を葬ったのは関東誠道会の権藤会長なんだろうな。先生に国有地の不正払い下げのことを国会で取り上げられたら、権藤は土地の転売ビジネスでおいしい思いができなくなります。だから、足のつきにくい実行犯を選んで浦野先生を始末させたんではないだろうか」

「そういうふうに筋を読むこともできるでしょうが、事件現場には薬で眠らされた関東誠道会の構成員の田代潤が倒れてたんです」

「そのことで、権藤に対する疑惑が薄れるのではないかとおっしゃりたいんでしょうが、こうは考えられませんか。権藤は田代が罠に掛かったことを強調したかったんでしょう。科学捜査で、田代が浦野先生を実際には殺してないことがはっきりするのは時間の問題でしょうね」

「ええ」

「権藤は、そのことで関東誠道会は浦野先生の事件には関与してないと捜査当局に思わせたかったんじゃないのかな」

「室井さんの推測通りなら、情報屋の清岡を使って田代を六本木エクセレントホテルに誘(おび)

き出し、催眠鎮静剤を注射したのは……」

「権藤会長の命を受けた人間なんでしょう。そいつが電気コードで先生の首を絞めたんでしょうね。わたしは、そう筋を読んでいます」

「そうなんでしょうか」

「わたしの推測は、頭の隅にでも入れていただければ結構です。長谷部君の奥さんからも再聞き込みをされたほうがいいと思いますよ。故人は仕事に関することを奥さんに多くは喋らなかったみたいですが、それでも何か収穫があるかもしれないでしょう?」

「そうですね。ご協力、ありがとうございます。それから、ご馳走さまでした」

力丸は室井に礼を述べ、尾崎の太い腿を掌で軽く叩いた。

コンビは、ほぼ同時にソファから腰を上げた。

3

遺影は笑顔だった。

長谷部の骨箱は、たくさんの花と供物に囲まれていた。先月の中旬に亡くなった犯罪ジャーナリストの自宅マンションだ。

『浜田山エルコート』の六〇六号室の和室である。八畳間だった。

しつらえられた祭壇は簡素だ。多分、妻の奈摘の手造りだろう。

力丸はしばし遺影を見つめてから、線香を立てた。

背後には、故人の妻が正坐している。相棒の尾崎は力丸の斜め後ろに控えていた。

力丸は両手を合わせ、故人の冥福を祈った。合掌を解き、奈摘に向き直る。

「後れ馳せながら、お悔やみ申し上げます」

「わざわざ恐れ入ります」

奈摘が深々と頭を下げた。容姿は地味だが、芯は勁そうだ。

力丸は祭壇から離れた。

「お線香を上げさせてもらいます」

尾崎が奈摘に言って、遺影に向かった。静かに線香を香炉に立てる。

「粗茶ですが、どうぞ……」

奈摘が坐卓の向こう側に移動した。力丸たち二人は手前に並んだ。

「その後、中野署から何か報告はありましたか？」

力丸は奈摘に訊いた。

「いいえ、何も連絡はありません。まだ事故か他殺か判断がつかないんでしょう」

「そうですか。何をもたついてるんだろうか。すみません！」

「あなた方が謝る必要はありませんよ。あっ、お二人とも足を崩されてください」

「足が痺れてきたら、そうさせてもらいます。長谷部さんは信州のご出身でしたよね？」

「はい、実家は松本市内にあります」

「そうしますと、納骨はそちらでなさるんですか？」

「いいえ。次男の夫は無宗教でしたので、遺志通りにいずれは樹木葬の家族用納骨室に入れようと考えています。でも、十年ぐらいはお骨を自宅に置くつもりです。わたしも小二の息子も、そうしてあげたいと考えていますんで」

「奥さんは公立中学で英語の先生をされてるんですよね？」

「ええ、そうです。息子と二人ですので、経済的には何とかやっていけると思います。でも、夫にこんなに早く死なれて途方に暮れています」

奈摘が下を向いて、ハンカチで目頭を押さえた。

「何かと大変でしょうが、お子さんのためにもどうか悲しみを乗り越えてください」

「はい、勁くならなければと思っています」

「『新光クラブ』の浦野議員の事件捜査で被害者と関わりのあった方たちに協力していただいてるんですが、長谷部さんが民自党の丹波将史議員の収賄の証拠集めをしてらしたことは奥さんもご存じでした？」

「詳しいことは聞いていませんでしたが、夫は浦野先生に頼まれて丹波議員が法に触れるような悪事に関わっている証拠を摑もうとしていたようです」

「もう少し具体的なことを教えていただけると、ありがたいのですが……」

「わかりました。丹波氏の妹の夫の笹森久志という方が二年ほど前に経営していた遺伝子検査会社を倒産させたらしいんですよ。その方は、いま四十九歳だそうです」

「先をつづけていただけますか」

力丸は頼んだ。

「笹森さんは、倒産させた会社が集めた顧客の個人情報を悪用してたようなんですよ。依頼人の子供のＤＮＡ鑑定にまつわる秘密を恐喝材料にして、強請を重ねていた疑いが濃いみたいですね。資産家の妻が浮気相手の子を産んでたら、その一家の恥になりますでしょ？」

「ええ。妻が不倫相手の子を宿して夫に内緒で産んでいたことが表沙汰になったら、夫婦ともども焦るでしょう。夫が妻の不義を咎めて離縁したら、自分の実子と信じて育ててきた息子か娘は生きづらくなるでしょうね」

「浮気した妻を憎みながらも、離婚に踏み切れない夫たちはいるでしょう。仮面夫婦でも罪のない子を不幸にしたくないと考えた人たちは、多額の口止め料を払う気になってしまうんではありませんか」

「そうでしょうね」

「亡くなった夫の話によると、丹波議員の義弟は恐喝のほかにも悪いことをしてたようなんですよ。笹森という男は遺伝子検査で癌リスク体質があると判明した顧客たちのリストを作って、最新の特効薬と称して怪しげな錠剤を超高値で売りつけてたみたいなんです」

「人の弱みにつけ込む詐欺もやってたようなんですか、笹森久志は」

「笹森なる人物が恐喝と詐欺商法で数十億円を荒稼ぎしたという確証が得られたのかどうかはわかりませんけど、夫は確信ありげでした」

「そうですか」

「丹波議員は義弟が得た汚れたお金の何割かを吸い上げ、その見返りに悪事の揉み消しをした気配がうかがえるという話でしたね」

奈摘が口を閉じた。尾崎が一拍置いてから、奈摘に話しかけた。

「長谷部さんは、丹波議員か笹森に雇われた者に歩道橋の階段から突き落とされたのかもしれませんね」

「わたしも、そう疑っています。ですけど、それを立証できる材料がありません。だから、中野署の方に丹波議員と笹森という男を徹底的に調べてほしいとは言えなかったわけです」

「その二人は自分らが調べてみます」

「お願いします」

「奥さん、遺品の中に取材メモ、ＩＣレコーダー、デジタルカメラなどは？」

「長谷部は、そうした物を外出時にはショルダーバッグの中に入れて持ち歩いてたんですよ。そうするようになったのは、何年か前に空き巣に入られてパソコンのＵＳＢメモリー、デジカメのＳＤカードなんかをごっそり盗まれたことがあったからなんです」

「盗られたのは取材関係の物ばかりだったんですね？」

「ええ、そうです。転落死した日も、夫は取材メモ、ＩＣレコーダー、デジカメを持って出かけたはずなのですが……」

「どれも、ご主人のショルダーバッグの中には入ってなかった？」

「はい、そうなんです。中野署の方に確認してみたのですけど、いつも長谷部が持ち歩いてる物は何も入っていなかったとおっしゃっていました。刑事さんが嘘をついたとは思えませんから、夫を突き落とした人物がいたとしたら……」

「ええ、そいつが持ち去ったんでしょう。確か長谷部さんが亡くなったのは、六月十六日でしたね」

「ええ。通りかかった方が歩道橋の下に倒れている夫を発見して、夜八時十分ごろに救急車を呼んでくれたんです。救急病院に搬送されたんですけど、首の骨が折れてたので蘇生は叶いませんでした」

「奥さんの話をうかがって、長谷部さんは誰かに歩道橋の階段から突き落とされたにちがいないと確信を深めました」

「やはり、他殺の疑いが濃いんですね」

「丹波か笹森が怪しいな」

「わたしもそう疑ったんですけど、もしかすると、そうではないのかもしれません」

「別の人間の可能性もあるってことなんですね？」

力丸は問いかけ、日本茶を一口啜った。

「ええ。三カ月ほど前、夫は関東誠道会の権藤会長に外出先で呼び止められて、五千万円を前金で渡してもいいから、浦野先生の弱点かスキャンダルの証拠を手に入れてほしいと言われたそうです」

「むろん、ご主人は断ったんでしょう？」

「ええ」

「元検察事務官の室井潔さんは浦野議員に頼まれて、権藤富士夫が不正に国有地を安く手に入れた証拠を集めてたんですよ。その話を長谷部さんから聞いたことは？」

「ざっくりとした話は夫から聞いていました。フリージャーナリストの多くは、高収入を得ていません。権藤は大金を餌にすれば、夫を抱き込めるかもしれないと考えたんでしょう」

「ええ、多分ね」

「夫は、ずいぶん見くびられたもんだと腹を立てていました。権藤会長は浦野先生に国有地を不正に安く手に入れたことを国会で取り上げられると困るので、夫に裏取引を持ちかけたんでしょう」

「そうにちがいありません。ご主人に持ちかけた話を断られたんで、権藤は自分のウィークポイントを知られたことになりますよね」

「ええ」

「その後、長谷部さんが暴漢に襲われたなんてことは？」

「そういうことはなかったんですが、夫は二度ほど夜道で無灯火の車に撥ねられそうになりました」

「それは、いつのことです？」

「先々月の下旬と先月の上旬のことです」

「初動捜査では、長谷部さんが関東誠道会の権藤会長に抱き込まれそうになったという事実は把握してません」

「わたし、中野署の方にそのことを話そうと思ったんですけど、息子がやくざに何かされては困るので……」

「所轄署の者には話せなかったわけですか」

「そうなんです。でも、夫の死に権藤会長が絡んでるかもしれないと思ったんで、黙っていてはまずいと考え直したわけです」

「新たな手がかりを与えてもらって、よかったですよ。丹波や笹森は確かに疑わしいんですが、権藤会長も怪しくなってきたな。その三人を調べてみましょう」

「お願いします。その三人のうちの誰かが夫を殺害したんだとしたら、浦野先生も手にかけたかもしれませんね」

「ええ、考えられないことじゃないでしょう。アポなしで訪ねてきて、ご迷惑だったと思います」

「いいえ」

「どうもお邪魔しました。ご協力に感謝します」

「こちらこそ、お礼申し上げます」

奈摘が頭を垂れた。力丸は相棒に目配せして、先に立ち上がった。尾崎も腰を浮かせた。

二人は和室を出て、玄関ホールに向かった。間取りは3LDKだった。ほどなく力丸たちは六〇六号室を出て、エレベーターに乗り込んだ。

函が下降しはじめたとき、尾崎が口を開いた。

「関東誠道会の権藤会長が犯罪ジャーナリストの長谷部を抱き込もうとしたとは、自分、想像もしてませんでしたよ。力丸さんはどうでした？」

「おれも同じだ。室井は確証を摑んではいないと言ってたが、権藤が財務省のキャリアの愛人のことを切札にして十二億三千万円の価値のある国有地をたったの三億二千万円で手に入れたことは間違いないと思う」

「ええ。権藤は財務省の神林理財局長に表と裏の売買契約書を用意させて、狙ってた国有地をまんまと手に入れたんでしょう。差額分はなんらかの方法で消させたと思われます」

「そうなんだろうな。そのことを浦野正輝に国会で暴かれたら、権藤は神林ともども刑事告訴されることになる」

「そうですね。力丸さん、権藤が第三者に浦野と長谷部の二人を殺らせたんじゃないですか」

「仮にそうだとしたら、なぜ田代が殺人の濡衣を着せられたのか。室井の推測通りなのかどうか、まだ判断がつかないな」

「その点は自分も同じです。もしかしたら、田代は、飲食店から集めたみかじめ料をだいぶ前から個人的に遣い込んでたんじゃありませんか。まだ回収できないキャバクラ、風俗店、スナックが多いんだと兄貴分たちにもっともらしいことを言ってね」

「その嘘がバレて、会長に報告されたんじゃないかって筋読みだな」

「ええ。考えられませんか？」

「その程度のことで、権藤は田代を殺人犯に仕立てようとするだろうか」

「そう言われると、自信が揺らぐな。あっ、そうか！　田代は覚醒剤のパケの中身の三分の一ぐらいを混ぜ物にすり替えて、浮かせた分の白い粉を自分でこっそり売ってたのかもしれませんよ。危いことですが、そういう手を使えば、遊ぶ金ぐらいは捻出できるでしょ？」

「そういうことも田代がやってたんなら、権藤会長は激怒しそうだな。ちょっと権藤を揺さぶってみるか」

力丸は言った。

そのとき、函が一階に着いた。コンビはエレベーターホールから、エントランスロビーを抜けた。

「今度は自分が運転します」

表に出ると、尾崎が手を差し出した。力丸はエルグランドの鍵を相棒の掌(てのひら)に載せた。尾崎がエルグランドに駆け寄る。

力丸は道端に留(とど)まった。無性(むしょう)に煙草が喫いたくなったのだ。後ろめたさを感じつつ、持ち歩いている携帯用灰皿を取り出し、セブンスターに火を点ける。

力丸は深々と喫いつけ、ゆったりと煙を吐き出した。一時間以上も煙草を吹かしていなかった。格別にうまく感じられた。

一服し終えたとき、力丸の懐で刑事用携帯電話が鳴った。

手早くポリスモード(ポリスモード)を摑み出す。発信者は本庁殺人犯捜査第六係の下條係長だった。力丸が部下の佐原を叱りつけたことで、文句をつける気になったのか。そうなのかもしれない。

「なんの用かな？」

力丸は身構えながら、硬い声で問いかけた。

「機嫌を損ねてしまったようだな。別に喧嘩を売られたと思ってるわけじゃないんだよ」

「用件を要領よく言ってくれないか」

「佐原と柿沼に組対部分室の動きを探らせたことは、自分の勇み足だった。悪かったな。こうして謝ってるんだから、おれが部下たちに指示したことを捜一の課長だけじゃなく、刑事部長や組対部長には言わないでほしいんだ」

「こっちが偉いさんにご注進に及ぶかもしれないと、そっちは不安になったわけか」

「うん、まあ。上層部に睨まれたら、昇格できなくなるからな」

「そんなに出世したいのか。ノンキャリアがどう頑張っても、キャリアや準キャリアにはかなわない」

「そんなことはわかってる。でも、頑張り抜けば、捜一の課長にはなれるかもしれないじゃないか。一課長のポストに就くのは、昔から現場捜査畑に長くいたノンキャリアと決まってるからな」

「ああ」

「そこまでは無理でも、捜一の管理官になれる可能性はゼロじゃない。警察は階級社会だから、ある程度のポストまでは昇りたいじゃないか」

「管理官になったら、現場捜査から外されるだろう」

「それでもいいよ。とにかく、上の人たちに余計なことは言わないでくれないか。頼むよ。ところで、力丸・尾崎コンビで浦野議員の事件を落着させられそうなの？　捜査はどの程度まで進んでるのかな」

「その質問に答える義務はないっ」

「それはそうなんだがな。頼んだこと、よろしく！」

下條が鼻白んだ声で言い、先に通話を切り上げた。

力丸は舌打ちして、ポリスモードを上着の内ポケットに戻した。エルグランドに走り寄り、急いで助手席に腰を沈める。

「分室長の有村理事官から電話があったようですね」

尾崎が言った。

「いや、殺人犯捜査第六係の下條係長からの電話だよ」

「文句を言ってきたんですか？」

「そうじゃないんだ」

力丸は経緯をかいつまんで語った。

「気が小さな係長だな。少し前に思いついたんですが、権藤会長に嘘の麻薬取引を持ちかけて、どこかに誘（おび）き出しませんか。極上の覚醒剤（マブネタ）を安く卸してやると話を持ちかければ、罠に引っ掛かるんじゃないのかな」

「どこかで夕飯を喰いながら、作戦を練ろうや」

「そうしましょうか」

尾崎がエルグランドを走らせはじめた。力丸は、背凭(せもた)れに上体を預けた。

4

ハンバーグライスを平らげた。

力丸たち二人は、長谷部の自宅マンションの近くにあるファミリーレストランの隅のボックスシートで向かい合っていた。相棒の尾崎は先にミックスフライのセットを胃袋に収め、追加注文した海老ピラフを搔(か)き込んでいる。

「ちょっと一服してくる」

力丸は相棒に断って、店内の一隅(いちぐう)にある喫煙室に急いだ。

喫煙室は無人だった。煙草を喫う者が年々、減っているのだろう。力丸はセブンスターを吹かしながら、権藤会長にどんな手で迫るか考えはじめた。

尾崎が提案したほかに、いい手があるだろうか。相棒の情報によると、権藤の愛人だった元ショーダンサーは二年あまり前に三十六歳で病死してしまったらしい。それ以来、権堂は女房孝行をしているという話だ。

新たな愛人を囲っていれば、ガードなしで交際相手宅に通うこともあるだろう。仮に護衛がひとり寄り添っていても、権藤に接近して追及することはできるにちがいない。

だが、関東誠道会の会長はたいがい三、四人のボディーガードを従えて防弾仕様のロールスロイスで移動しているという。そんな権藤会長には容易に近づけないはずだ。

権藤のひとり娘は商社マンと結婚し、いまは一児の母親になっている。会長の孫は男児で、三歳だ。その初孫を祖父は溺愛(できあい)しているらしい。

孫を誘拐したことにして、権藤を誰もいない場所に誘き出す手もないわけではなかった。しかし、そこまでやることには抵抗がある。

関東誠道会は麻薬ビジネスで巨額のブラックマネーを得ている。相棒が思いついた作戦に権藤は引っかかるかもしれない。

「その手でいくか」

力丸は声に出して呟き、短くなった煙草をスタンド型灰皿の中に投げ入れた。

その数秒後、ポリスモードに着信があった。発信者は有村室長だった。

「捜査は進んでるかな」

「長谷部涼太の奥さんから新情報を得られました」

力丸はそう前置きして、詳しいことを喋った。

「権藤富士夫が五千万円の謝礼で犯罪ジャーナリストを抱き込もうとしたのなら、国有地を不正に得たことは間違いないだろうね」

「そう思います。国有地を超安値で払い下げてもらった事実を元検察事務官の室井に知られたと察知したので、権藤は長谷部を抱き込み、浦野議員の弱点を調べさせる気だったんでしょう」

「だろうね。しかし、長谷部涼太は抱き込まれなかった。権藤は長谷部の口を封じなければ、浦野に国会で国有地の不正払い下げを取り上げられると考えて、誰かに犯罪ジャーナリストを事故を装って殺らせたのかもしれないな。それだけじゃなく、浦野もね。構成員の田代を絞殺犯に仕立てようとしたのは、組織の掟を破ったからじゃないんだろうか」

「そう筋を読めば、権藤の殺人教唆容疑は拭えませんね」

「権藤を別件でしょっ引いても、観念して罪を認めることはないだろうな」

「反則技を使って、権藤を追い込むつもりです」

「何か妙案があるの？」

有村が訊いた。力丸は、尾崎が提案したことを伝えた。

「関東誠道会は麻薬の密売を資金源にしてるから、罠に掛かるかもしれないな」

「それを期待したいですね」

「とりあえず、罠を仕掛けてみてくれないか」

有村理事官が電話を切った。

力丸はポリスモードを懐に戻した。ほとんど同時に、上着の内ポケットで私物のスマートフォンが震動した。力丸はスマートフォンを摑み出し、ディスプレイを見た。発信者は『西日本タイムズ』の友成だった。

「岩佐恭太郎を爆死させた犯人が少し前に逮捕されたよ。犯人は、岩佐が率(ひき)いる企業グループに会社を乗っ取られた中古外車販売会社の社長だったんだ」

「意外な結果になったな」

「拍子抜けしちゃったよ。岩佐の議員時代の犯罪が爆殺事件に絡んでるかもしれないと思って、東京まで飛んだんだが」

「そういうこともあるさ。あんまり腐らないほうがいいな。おれは例の『救国同盟』が岩佐恭太郎の事件に関わってるかもしれないと推測してたんだが、それも外れてたわけだ」

「そうだな。力丸と築地で飲んだ後、近くの料亭で国交副大臣の山内幹雄が狙撃されたじゃないか。その事件(ヤマ)は、『救国同盟』の仕業だとは考えられないかね？　一連の要人暗殺と手口は違うが、旧ソ連製の狙撃銃で頭部を正確に撃ち抜いてるんだから、テロ集団の犯行っぽいじゃないか」

『救国同盟』は十八人の政治家、財界人、キャリア官僚、民自党の元老などをドローンに搭載した爆薬で始末したんだが、そのつどマスコミ各社に犯行声明を送りつけた」

「そうだったな」

「友成が推測した通りなら、正体不明のテロ集団は意図的に犯行の手口を変えたんだろうか」

「そうなんだと思うよ。いつまでもドローンを使って要人を暗殺してたら、そのうち足がつくだろう。それから、毎回、犯行声明をマスコミ各社に送りつけるのもリスキーだと考え……」

「山内国交副大臣を狙撃しても、犯行声明を出さなかった？」

「おれはそう推測してるんだ。山内はまだ大物とは言えないが、ゼネコン、航空会社、運輸会社なんかと不適切な関係にあったんだろう。だから、世直しをしたがってるテロ集団に成敗されたんじゃないのかな」

「そうなんだろうか」

「スクープは逃したが、担当事案は落着した。一応、力丸に報告するのが礼儀だと思ったんだよ」

「そうか。上京する機会があったら、また飲もう。それじゃな」

力丸は通話を切り上げ、喫煙室を出た。

ボックスシートに戻ると、尾崎はコーヒーを飲んでいた。力丸の分も卓上に置いてあった。着座する。

「どんな手で権藤に迫ります？」

尾崎が前のめりになった。

「一服しながら、知恵を絞ってみたんだ。しかし、妙案は閃(ひらめ)かなかった。尾崎が思いついた罠を仕掛けてみよう」

「わかりました。東京で麻薬(ヤク)の卸しをやってる人間に化けるわけにはいかないでしょ？」

「北海道あたりの破門やくざに成りすまそう。破門される前に覚醒剤(シャブ)を組から盗み出して、ある場所に隠したということにするか。純度の高い覚醒剤を三十キロほどな」

「それで、首都圏で買い手を探してると権藤に売り込みをかけるわけですね？」

「そうだ。車のグローブボックスの中に入れてあるプリペイド式の携帯で、権藤に電話をするよ。尾崎、権藤のスマホのナンバーは捜査資料に記されてたっけ？」

「ええ、書いてありましたね。後で、ファイルで確認します」

「そうしてくれないか」

力丸は、ブラックでコーヒーを飲んだ。

二人はコーヒーカップを空にすると、店を出た。間もなく午後八時になる。コンビは、ファミリーレストランの広い駐車場に置いてあるエルグランドに乗り込んだ。

力丸は助手席に坐ると、グローブボックスからプリペイド式の携帯電話を取り出した。尾崎が初動捜査資料に目をやりながら、ゆっくりと権藤のスマートフォンのナンバーを口にする。

力丸はテンキーに触れた。呼び出し音が五、六度響いてから、電話は繋がった。

「わたし、佐藤(さとう)といいます。北辰会(ほくしんかい)の直参(じきさん)の組で若頭補佐を務めてたんですが、組長(オヤジ)と若頭(カシラ)が上納金の一部を着服してることが勘弁できなかったんです。それだから、本家の理事に直訴したんですが……」

力丸はありふれた姓を騙(かた)り、作り話を澱(よど)みなく喋った。

「北辰会の理事は調査に乗り出したんだろうな」

「ええ、その通りです。ですが、うちの組長と若頭は上納金をネコババしたことは一度もないと言い張って、こっちを破門にしたんですよ」

「それは腹立たしいことだな」

「二人に心底、怒りを覚えました。ですんで、腹いせに組に保管されてた上質の覚醒剤(シャブ)を三十キロほど盗(ギ)ってやったんです」

「本当に極上物（マブネタ）なのかい？」

「純度九十九パーセント以上の上物ですよ。道内で売り捌（さば）けないんで、内地に来たんです。仙台を縄張（シマ）りにしてる組がキロ五十万円で引き取ってもいいと言ったんですが、そんな安値では売れません」

「三十キロで、千五百万か。ずいぶん足許（あしもと）を見られたな。横流しの品物（ブツ）だと見抜かれたんだろうな」

「ええ、おそらくね。会長のとこは極上物を扱ってるようなんで、適正価格で引き取ってもらえるのではないかと思ったわけです」

「あんた、どこから電話してるんだ？」

権藤が訊いた。

「都内某所です」

「何を警戒してるんだい？」

「そういうことではありません」

「極上物（マブネタ）だったら、一キロ三百万で引き取ってもいいよ。トータルで九千万円になるな。品物（ブツ）と現金（ゲンナマ）を引き換えだ。関東誠道会の本部事務所は歌舞伎町二丁目にあるんだが、知ってるか？」

「ええ、事前に調べましたんで」

「なら、本部事務所に来てくれ。銭を用意して、待ってらあ。都内にいるんなら、十時ごろには来れるよな？　いま、おれは本部事務所にいるんだ」

「会長、別の場所で会えませんかね。今夜は、とりあえずパケを十袋ほどお渡ししますんで、成分を調べてください。それで引き取っていただけるんでしたら、明日にでも受け渡しをしましょうよ」

「慎重だな」

「大事な品物を奪われたりしたら、泣くに泣けませんので」

「そんなあくどいことはやらねえよ。上物は高く売れるから、きれいな取引をするって」

「権藤会長は漢でしょうから、汚いことはしないと信じてます。しかし、そちらの本部事務所に出向くのはちょっとね」

力丸は渋った。

「気乗りしないんだな。いいだろう、そっちの条件を言ってくれ」

「新宿中央公園内の熊野神社の前で、午後十時にお目にかかりましょう。会長おひとりで来ていただけますか？」

「ひとりで来いって!?　おい、おい！　おれは関東誠道会の会長だぜ。いつも外出するときは若い衆を三、四人は連れて歩いてる」

「当然、そうされてるでしょうね。こちらの条件を呑んでいただけないなら、話はなかったことにしてもらいます」

「えらく強気じゃねえか。どこか引き取り手に当てがあるのか。え？」

「横浜の港友会にちょっと打診してみたら、キロ三百二十万で引き取ってもいいと言ってくれたんですよ」

「天秤にかけてやがるんだな。喰えない男だ」

「取引はやめてもいいんですよ。会長、どうされます？」

「なかなか商売がうめえな。総額九千九百万の取引だが、充分に大きな利益が見込める。港友会においしい思いをさせるのは癪だから、キロ三百三十万で買ってやらあ。おれひとりで、十時に熊野神社の前で待ってらあ」

「会長のお顔は存じ上げています。こちらから、お声をかけますよ」

「そうかい。サンプルのパケを必ず持ってきてくれ。極上物と確認したら、取引は成立だ。あんたも、ひとりで来るんだろうな」

「ええ、もちろん！」

「なら、後で落ち合おう」

権藤が電話を切った。力丸は電源をオフにして、プリペイド式の携帯電話をグローブボックスの中に仕舞った。

「権藤はルアーに喰いついてきたようですね？」

尾崎が口を開いた。

「こっちの話を真に受けたみたいだ。上物の覚醒剤三十キロを安く入手すれば、でっかく儲けられると通話中に皮算用してたんだろう」

「そうなんでしょうが、権藤は狸親爺だと思います。こちらの言いなりになった振りして、実際にはない品物を横奪りする気なのかもしれませんよ」

「ああ、考えられるな。仮に権藤が単身で約束の場所に現われたとしても、五、六人の兵隊を近くに待機させておくつもりなんだろう」

「でしょうね」

「指定した時刻には間があるが、早めに新宿中央公園に行こう」

力丸は言った。

尾崎がうなずき、エルグランドのシフトレバーをＤレンジに入れた。ファミリーレストランの駐車場を出て、新宿に向かう。

幹線道路はやや渋滞していたが、それでも午後九時数分過ぎには目的地に着いた。尾崎がエルグランドを十二社通りの路肩に寄せた。新宿中央公園の裏側だ。数十メートル先の遊歩道を少し進めば、熊野神社がある。

「力丸さん、どんな段取りでいきます？」

「十分ほど時間を遣り過ごしてから、おれたちは園内に入る。別々に歩いて、徐々に熊野神社に近づくんだ」

「了解！　あまり長く植え込みの中に隠れてると、いちゃついてるカップルを覗き見してる変態と間違われそうだな。この季節はカップルの数が多くなるようです」

「熊野神社の周りに関東誠道会の若い者が身を潜めてたとしても、気づかない振りをしてくれ」

「はい。そういう奴らがいたら、権藤は北海道の破門やくざと称した力丸さんを生け捕りにさせて、ありもしない三十キロの極上な覚醒剤を奪う気なんでしょう」

「そうだったら、権藤は熊野神社に近づかないと思うよ。本部事務所で待機して、のこのこ約束の場所に現われた男を手下にとことん痛めつけさせる気にちがいない」

「でも、そうと決まったわけじゃありません。権藤がどうしても上質の薬物を手に入れたいと考えてたら、自分ひとりで姿を見せるかもしれませんよ」

「そうだな。関東誠道会の構成員らしき人物を園内で見かけたら、すぐ教えてくれ。こつちも尾崎のポリスモードを鳴らす」

「わかりました」

「おれが先に園内に入る。おまえは数分後に車を降りてくれ」

「了解！」

尾崎が短く応じた。

力丸は専用覆面パトカーの助手席から出て、新宿中央公園に足を踏み入れた。都庁舎のある方向に歩くと、カップルの姿が目につくようになった。

ベンチでディープキスを交わしている男女は、大胆に性感帯を刺激し合っていた。膝の上にパートナーの女性を乗せ、上から突き上げている若い男の息遣いは荒い。スカートで結合部分は露(あらわ)にはなっていないが、二人の体は繋がっているはずだ。

近くに人が通っても、行為を中断する者はいなかった。暗がりの向こうには、出歯亀(でばがめ)と思われる男たちが幾人か身を潜めていた。中高年が多いようだ。

力丸はゆっくりと園内の遊歩道をたどり、さりげなく闇を透かして見た。権藤の手下らしき男たちの姿は目に留まらない。

相棒からの連絡もなかった。権藤は、いたずら電話と見抜きながらも、面白半分に話を合わせただけなのか。

力丸はそんな気がしてきたが、ひたすら歩きつづけた。体が汗ばんできたが、ジャケットを脱ぐことはできない。ショルダーホルスターに入れた拳銃を他人に見せるわけにはいかなかった。

やがて、九時四十分になった。

力丸は少しずつ熊野神社に近づきはじめた。それから間もなく、尾崎から連絡が入った。

「組員っぽい四人が熊野神社を取り囲む形で、植え込みに隠れました。権藤のとこの若い者でしょうね」

「だろうな。権藤の姿は？」

「どこにも見当たりません。近くの車の中で待機してるんでしょうか。あるいは、本部事務所にいるのかな」

「後者っぽいな。こっちは神社に向かってる。身を隠しながら、男たちの動きを探ろう」

「権藤が来なかったら、四人の若い者をぶちのめして本部事務所に乗り込みますか。公務執行妨害で現行犯逮捕（ゲンタイ）はできますでしょ？」

「まだ刑事であることは明かさないほうがいいな。尾崎、若い衆が神社の周辺を探しはじめても、遊歩道に飛び出すなよ」

「わかりました」

尾崎が通話を切り上げた。

力丸は足早に歩き、熊野神社の手前の繁みの中に分け入った。蚊を手で追い払いながら、指定した時刻をじっと待つ。

やがて、十時になった。

だが、関東誠道会の権藤会長は姿を見せなかった。神社の両側から四人の男たちが出てきた。

何か言い交わしてから、男たちは四方に散った。自称佐藤を生け捕りにするまで、園内を駆けずり回る気なのだろう。

力丸はポリスモードを上着の内ポケットから取り出し、尾崎に電話をかけた。

「力丸さん、ついに権藤はやってきませんでしたね。四人の若い者があたりを走り回ってますが、見てました？」

「ああ。今夜は、これで捜査を打ち切ろう」

「なんか悔しいな」

「功を急ぐなって。まだ初日なんだ。そっと公園を出て、車に戻ろう」

「はい」

尾崎の声が熄んだ。

力丸はポリスモードを所定のポケットに収め、あたりに視線を投げた。人影はどこにも見当たらなかった。

力丸は繁みから遊歩道に出て、大股で歩きだした。

第三章　官僚の醜聞（スキャンダル）

1

見通しは悪くない。

フロント越しに神林宅がよく見える。集合住宅ではない。庭付きの戸建て住宅だ。

権藤に迫ることができなかった翌朝である。

力丸たちコンビは午前七時過ぎから、張り込んでいた。現在、午前八時数分前だった。

局長向けの官舎は港区内にある。財務省のある霞が関は、それほど遠くない。

力丸は権藤が罠に引っかからなかったので、先に財務省の神林理財局長を締め上げることにしたわけだ。

「局長なら、迎えのハイヤーで職場に通ってるんじゃないですか」

エルグランドの運転席で、尾崎が言った。

「キャリア官僚たちは厚遇されてるが、いまは各省が経費の削減を心がけてる。公用車やハイヤーの送迎は事務次官に限られてる省もあるようだぞ」

「公務員がハイヤーやタクシーをやたら使うのは問題ですよね。自分らもそうですが、税金で喰わせてもらってるんです」

「そうだな。事務方のトップである事務次官も電車やバスで職場に通うべきだよ。キャリアになるのは大変なんだろうが、公務員なんだから」

「同感ですね。神林がハイヤーで財務省に向かうとしたら、迫るチャンスはなさそうですね。最寄りの地下鉄駅に向かってほしいな」

「神林が徒歩で近くの駅に向かうようなら、途中で拉致しよう。強請屋を装って、神林が元お天気キャスターの香取葉月を愛人にしてることを公にするぞと威すんだ。尾崎、そういう段取りにしたからな」

「はい。キャリア官僚たちは総じて保身本能が強いですから、すぐにおとなしくなるでしょう。それで、関東誠道会の権藤会長に女性問題をちらつかされて、国有地を破格の安値で払い下げたことも認めるんじゃないですか」

「それを認めたら、神林の前途は閉ざされることになる。香取葉月との関係は否定しないかもしれないが、国有地の不正払い下げには関与してないと否認するんじゃないか」

「そうでしょうか」

「おそらく神林は、部下の国有財産審理室室長が権藤に何か弱みを握られて脅迫に屈したと部下に責任をなすりつけるだろう」

力丸は言った。

「シラを切るようだったら、少し締めてやりますよ。学校秀才どもは殴り合いの喧嘩をしたことなんかないでしょうから、暴力には極端に弱いと思います」

「そういう傾向はあるな」

「痛めつけても無視しつづけるようなら、権藤の前に連れ出すと言えば……」

「そんなことをしたって、逆効果になるんじゃないか。神林はビビって、ひたすら権藤を庇うにちがいないよ。本当のことを喋ったら、権藤の配下の者に殺られると考えるだろうからな」

「あっ、そうでしょうね。何かいい手はありませんか？」

「神林を騙そう。愛人のことは妻子や部下には黙っててやるし、権藤にも決して手は出させないって言ってやる。おれたちは権藤が不正な手段で国有地を超安値で手に入れたことを種にして、まとまった口止め料をせしめたいだけなんだと強調すれば、神林は口を割るだろう」

「それが最もスマートなやり方でしょうね。弱っちい奴を痛めつけるのは、やっぱり後ろめたいですから」

「その手でいこう」

「了解です」

尾崎が同意した。

神林が自宅から現われたのは八時半ごろだった。背広姿で、黒いビジネスバッグを提げている。神林は表通りに向かった。

尾崎が少し間を取ってから、エルグランドを発進させた。低速で神林を追尾しはじめる。

神林は表通りに出ると、タクシーを拾った。タクシーは渋谷方面に向かった。霞が関とは逆方向だ。

「職場に行くんじゃないな」

力丸は言った。

「権藤に呼びつけられて、指定された場所に向かってるんでしょうか」

「こんな時刻に権藤に呼び出されないだろう」

「ええ、そうでしょうね。接待ゴルフに出かけるのかな」

「そうなら、業者が迎車を神林宅に回すと思うよ」

「ええ、そうですね」

「行き先の見当はつかないが、とにかく神林を乗せたタクシーを追ってくれ」

「わかりました」

尾崎が慎重に四、五台先を走るタクシーを追尾しつづけた。

タクシーは渋谷を通過して、そのまま玉川通りを直進した。停止したのは瀬田にあるドライブインだった。神林はタクシーが走り去ってから、ドライブインの中に消えた。

尾崎が車をドライブインの少し先のガードレールに寄せる。

「神林は誰かと落ち合うようだな。ちょっと店の中を覗いてくる。尾崎は車の中にいてくれ」

力丸は助手席から出て、ドライブインに向かった。

店内に入り、空席を探す振りをする。神林は隅のテーブル席で、二十七、八歳の女性と向かい合っていた。

よく見ると、愛人の香取葉月だった。資料写真より幾分、若々しい。カジュアルな服装のせいか。

二人のいるテーブル席の隣は空いている。どちらとも面識はない。

力丸は、ごく自然に隣席に坐った。神林とは背中合わせだった。ウェイトレスがオーダーを取りにきた。

力丸はブレンドコーヒーを注文し、セブンスターをくわえた。喫煙できる店だった。力丸は紫煙をくゆらせながら、耳をそばだてた。

「葉月とドライブするのは久しぶりだな」

「そうね。わたし、昼食用のサンドイッチをこしらえたの」

「わざわざ用意しなくても、向こうにはレストランや食堂がいくつもあるじゃないか」

「そうだけど、貸別荘から出るのは億劫でしょ？　実は夜食用のレトルト食品、フランスパン、ワインなんかも用意してあるの。あなたと朝まで一緒にいられるんだから、外出なんかしたくない。だって、いつも夜中に帰ってしまうんですもの」

「仕方がないじゃないか。わたしは独身じゃないんだから」

「奥さん、わたしのことを薄々わかってるんじゃない？　女は勘が働くんで」

「気づいてるかもしれないが、わたしを詰ったりはしないだろう。妻は世間体を気にするタイプだから、離婚は恥だと思ってるにちがいない」

「なら、修司さん、もっと開き直って。週に一度ぐらいは、わたしの部屋に泊まってほしいわ。甘い余韻に浸ってるときにあなたに帰り支度をされると、とても哀しくなるの。なんで妻帯者を好きになってしまったんだろうかとも……」

「葉月とは結婚できないが、ずっと面倒を見るよ。わたしも、きみのことはかけがえのない女性だと思ってるんだ」

「奥さんよりも大切な存在？」

葉月が訊いた。

「言わなくてもわかってるだろう？」

「ちゃんと言ってほしいの」

「まるで駄々っ子だな。妻より葉月を愛してるよ。年齢差が大きいから、何十年も先まで一緒にいられるかどうかわからないが、できるだけのことはする」

「事務次官になれなかったら、特殊法人に天下りさせられるんでしょ？　そうなったら、年俸は減ってしまうんじゃないの」

「どこも理事として受け入れてくれるだろうから、大きく減収にはならないだろう。退職金は六千万円近く貰えるし、天下り先に二年ぐらい籍を置けば、二千万円程度の退職金も得られるんだ。さらに別のとこに数年勤めれば、そこからも退職金が出る」

「高級官僚になると、いいことずくめね」

「苦しい受験勉強に耐えて東大の法学部に入って、さらに国家公務員総合職試験に通ったんだ。だから、青春時代の楽しい思い出なんかなかったよ。修行僧みたいに禁欲的な生活を強いられてたんでね」

「女性とつき合ったこともなかったから、結婚直前にソープランドで初体験したんでしょ？」

「そう。興奮しすぎて、すぐに果てちゃったよ」

「かわいい！」

「他人事だと思って。あのときは恥ずかしくて、すごく惨めだったな」

神林が吐露した。

そのとき、力丸のブレンドコーヒーが運ばれてきた。神林たち二人の会話が中断した。

力丸は煙草の火を消し、コーヒーカップを持ち上げた。ブラックで啜る。

「修司さんが天下りしたら、わたし、お手当を三十パーセントぐらいカットしてもらってもいいわ。ブランド物をいろいろプレゼントしてもらったし、プジョーのオープンカーも買ってもらったから。贅沢しなければ、生活に困ることはないと思うの」

「葉月に不自由な生活はさせないよ。大企業の役員ほどの所得があるわけじゃないが、割に臨時収入があるんだ。財務省と深い繋がりを持ちたがってる民間企業は多いんだよ」

「関連会社から袖の下を貰ってるの？」

「そんなことをしたら、収賄罪で捕まっちゃうよ。公務員はアルバイトをしてはいけないんだが、こっそり副収入を得てるんだ。だから、葉月の面倒を見ることができるのさ」

「汚職で逮捕されることはないんでしょ？」

「そんな心配はいらないよ。葉月は小さなアクセサリーショップを経営したいと言ってたな。二千万円もあれば、開業できるのかな？」

「小さな店舗だったら、できると思うわ。商品の仕入代と運転資金もなんとか賄（まかな）えるんじゃないかしら」

「妻や子供が知らないへそくりが何千万円かあるんだ。そのうち事業プランを作成して、わたしに見せてくれないか。採算が合うようだったら、無条件で出資してやろう」

「わっ、夢みたい！　アクセサリーショップで大きく儲けることができたら、天気予報サービス会社を立ち上げようかな」

「夢は大きいほうが励みになるんじゃないか。いいと思うよ」

「修司さんがそう言ってくれるんだったら、わたし、目標を持つことにするわ」

「そうしなさい。さて、ぼちぼち行こうか」

神林が促した。葉月が自分のバッグを手に取る。

力丸はメニューを読む真似をした。神林と香取葉月が力丸の横を通り抜けた。レジで支払いをしたのは神林だった。その間、葉月は出入口のそばで待っていた。

ほどなく二人は店を出て、専用駐車場に足を向けた。

力丸はレジに急いだ。コーヒー代を払い、店の外に出る。ちょうど葉月が白いプジョー308ccの運転席に入ったところだった。電動式のハードトップだ。オープンカーにもなる。

神林がフランス製の車の助手席に腰かけた。

それを見届け、力丸はドライブインの敷地から走り出た。エルグランドまで一気に駆け、急いで車内に乗り込む。

「神林は誰と会ってたんですか？」

尾崎が早口で訊いた。

「愛人だよ。これから二人は、葉月の運転するプジョー308ccでドライブする気だ」

「行き先はどこなんでしょう？」

「そこまではわからなかったが、二人は貸別荘に泊まる予定になってるようだ。フランス車を追ってくれ」

力丸は相棒に指示して、シートベルトを締めた。

それから一分も経たないうちに、ドライブインの専用駐車場からプジョーが走り出てきた。ハードトップは収納され、オープンカーになっていた。葉月と神林はサングラスをかけている。

「スーツ姿にサングラスは似合いませんよね」

尾崎がフランス車を見ながら、小声で言った。

「神林は若い女の運転するオープンカーの助手席に坐ってることが気恥ずかしいんだろうな。あるいは、愛人と一緒にいるとこを知り合いに見られたくないのか。尾崎、プジョーを見失うなよ」

力丸は言って、口を閉じた。

フランス車は東名高速道路の下り線に入った。エルグランドもハイウェイを走った。

厚木ＩＣの手前で、プジョー308ｃｃの電動ルーフが車内を覆った。どちらか一方が風圧に耐えられなくなったのか。それとも、葉月は肌をあまり灼きたくなかったのだろうか。フランス車は御殿場ＩＣで、国道一三八号に降りた。道なりに進めば、やがて山中湖にぶつかる。

「貸別荘は山中湖畔にあるのかもしれないな。そうじゃなかったら、もっと先の河口湖か西湖の周辺にあるんだろう」

力丸は口を開いた。

「早い時間に東京を発ってますから、貸別荘は河口湖の近くにあるんじゃないですか」

「香取葉月は昼食用のサンドイッチと夕飯の用意をしてきたとドライブインで言ってたから、貸別荘に籠って何度も体を重ねたいんだろう」

「神林は五十三です。愛人は二十八歳ですから、濃厚なセックスになるんでしょうね」

「やくざみたいな風体してるくせに、似合わないことを言うなって」

「人を見た目で判断するのは、よくないですよ」

尾崎が顔で抗議した。力丸は肩を竦めた。

白いプジョーは、山中湖畔にある旭日丘交差点の数百メートル手前を右折した。そのあたり一帯は古くからの別荘地だった。

洒落た造りの山荘が飛び飛びに連なり、会社の保養所も見える。エルグランドも別荘地に入った。それから間もなく、力丸の脳裏に立花由華の整った顔が浮かんだ。浦野議員の姪に本気で惚れてしまったのだろうか。

フランス車はしばらく奥に進み、アルペンロッジ風の貸別荘の駐車スペースに停まった。似たような造りのロッジが十棟ほど並んでいる。近くに貸別荘管理事務所があった。

尾崎は貸別荘の並ぶエリアの少し手前で、エルグランドを停止させた。

プジョーを降りた葉月が貸別荘管理事務所に向かって小走りに駆けていく。借りたロッジの鍵を受け取りに行ったのだろう。

神林は、まだプジョーの助手席に腰かけている。サングラスで目許を隠していた。若い愛人と貸別荘を利用していることを他人に知られたくないのだろう。

小心者のくせに、浮気に走ってしまうのは男の性なのか。

数分後、葉月が貸別荘管理事務所から出てきた。プジョーを駐めた場所に戻ると、後部座席に置いた大きな紙袋を取り出した。だいぶ重そうだ。

神林が車から出て、葉月の手荷物を持った。二人はアプローチを肩を並べて進み、貸別荘の中に吸い込まれた。

二階建てだった。間取りは2LDKか、3LDKだろう。

「すぐにロッジに踏み込むのは、いくらなんでも野暮だな」

力丸は言った。

「そうですね。ワンラウンドが終わったころを見計らって、貸別荘の中に忍び込みましょうか」

「そうしよう。ちょっと早いが、非常用のビーフジャーキーとラスクで腹ごしらえしておこうや」

「コンビニに寄って、おにぎりを買う時間がありませんでしたからね。大賛成です」

尾崎がおどけた口調で言い、右手を挙げた。

力丸はグローブボックスから非常食を取り出し、相棒と等分に分けた。量はたいして多くなかった。ビーフジャーキーとラスクは、ものの数分で食べてしまった。

まだ梅雨が明けていないからか、貸別荘のあるエリアはひっそりと静まり返っている。

力丸は時間潰しに、あたりを散策した。

若葉が風に翻(ひるがえ)って、白っぽい葉裏を晒(さら)している。空はコバルトブルーに染まり、ちぎれ雲ひとつ浮かんでいない。本格的な夏が訪れたような錯覚に陥(おちい)りそうだ。

力丸は体の筋肉をほぐしてから、エルグランドの中に戻った。入れ代わりに尾崎が車外に出て、羆(ひぐま)のように付近を歩き回った。相棒は十五、六分後、エルグランドの運転席に坐った。

二人が車を降りたのは午後一時半ごろだった。

足音を殺しながら、ロッジの玄関に忍び寄る。力丸は尾崎を見張りに立たせ、ピッキング道具で手早くドアのロックを解いた。ドアを細く開けて、先に三和土(たたき)に滑り込む。尾崎がつづく。

一階は物音がしない。

コンビは靴を脱いで、玄関ホールに上がった。階下には広いＬＤＫと和室があったが、人の姿はなかった。

力丸、尾崎の順に階段を上がった。二つのベッドルームが並んでいる。奥の部屋から、女のくぐもった声が洩れてきた。明らかに愉悦の声ではなかった。

力丸は相棒と顔を見合わせ、奥の部屋のドアノブに手を掛けた。ロックはされていなかった。

トランクスしか身につけていない神林が香取葉月に馬乗りになって、大きな枕を愛人の顔面に押しつけていた。葉月は全裸だった。もがいて、手脚をばたつかせている。

「葉月、死んでくれないか。きみとの関係をやくざの親分に知られて、十二億数千万円の国有地を三億二千万円で払い下げざるを得なくなったんだ」

「く、苦しい！　こ、殺さないで」

「きみがこの世から消えてくれたら、わたしは関東誠道会の権藤会長の言いなりにならなくて済むんだ。便宜を図ってやったんで、三千万円の謝礼は貰ったが、その金に手はつけていないんだよ。関連会社からのカンパで葉月の面倒を見てきたんだが、その証拠まではまだ権藤には握られてない」

「ううーっ」

「きみのことは、いまも好きだよ。でも、生きていられちゃ困るんだ。だから、気の毒だが、死んでくれ」

「そうはさせないっ」

力丸は叫ぶなり、神林をベッドから引きずり落とした。尾崎が葉月の顔面の枕を取り除き、裸身を寝具で隠す。

「誰なんだ、きみらは！」

「警視庁の者だ。とりあえず殺人未遂容疑で身柄を確保する」

力丸は言ってから、神林を捩じ伏せた。葉月が声をあげて泣きはじめた。尾崎が吐息をつく。

神林が意味不明の言葉を発した。

力丸は右の膝頭で神林を強く押さえた。

2

葉月が泣き止んだ。

ひとしきり号泣していたが、涙が涸れたのだろう。パトロンに殺されかけた愛人の気持ちを想像すると、力丸は慰めの言葉もかけられなかった。

「彼女に身繕いさせて、事情聴取を開始します」

尾崎がベッドの葉月を見ながら、小声で告げた。

力丸は短く応じて、俯せ状態の神林を引き起こした。衣服をまとわせてから、財務省のキャリアに前手錠を打つ。

「こっちは階下で取り調べに当たる」

力丸は相棒に声をかけて、神林を階下に降りさせた。リビングソファに坐らせ、上着のアウトポケットの中のICレコーダーの録音スイッチを入れる。

「おたくはともかく、二階の寝室にいる彼はとても刑事には見えない。警察手帳を見せてくれないか」

神林が聞き取りにくい声で言った。魂の抜けたような表情だった。血の気もなかった。

力丸は黙って警察手帳を呈示し、リビングソファの周りを巡りはじめた。腰かけなかったのは、神林の逃走を警戒したからだ。

「捜査二課の知能犯係じゃなかったんだね」

「おれたちは先夜、六本木エクセレントホテルの一室で絞殺された国会議員の浦野正輝の事件の捜査を担当してる」

「〝暴露屋〟と呼ばれてた野党議員が殺害されたことは知ってるが、その事件にわたしは関与していないよ」

「あんたが殺人事件の実行犯とは思っちゃいない。しかし、浦野議員の事件に間接的な関わりがなかったとは言い切れないんじゃないのか」

「わたしを怪しむ根拠を言いたまえっ」

神林が気色ばんだ。

「浦野議員はブレーンの元検察事務官に関東誠道会の権藤会長が国有地を超安値で払い下げてもらった裏のからくりを調べさせていた。さっき愛人を殺しかけたとき、不正払い下げのことを口にしてたよな」

「…………」

「黙秘権を行使しても、意味はないぞ。喋る気がないなら、こっちが言ってやろう。あんたは香取葉月を愛人にしてることを権藤に知られて、都内の一等地にある十二億三千万円の国有地をたったの三億二千万円で払い下げることに力を貸した。部下の国有財産審理室室長に言い含めたんだろうな。どうなんだ?」

「…………」

「肯定の沈黙ってやつか。国有地の売買契約書を二通作成して、権藤の不正を隠してやった。その謝礼として三千万円を貰ったことをさっきベッドの上で愛人に言ってたよな。神林、もう観念しろ!」

「もう終わりだな、わたしの人生は。権藤はわたしに女性関係のスキャンダルを公にされたくなかったら、目をつけてた国有地の土壌は化学薬品で汚染されてることにして三億二千万円で落札できるようにしろと脅迫してきたんだ」

「断ったら、殺すと威されたんじゃないのか？」

力丸は問いかけ、神林の正面のソファに腰を下ろした。

「わたしを始末する前に葉月を若い者たちに弄ばせてから、覚醒剤の虜にさせると言ったんだ。ただの脅迫ではないと感じたんで、仕方なく……」

「権藤の言いなりになってしまった？」

「そうなんだよ。相手は暴力団の親玉なんだ。逆らうことなんかできなかった。わたしは国有財産審理室の矢島真吾室長に上のポストを用意するからと人参をぶら下げて、問題の国有地は汚染されてるということにさせたんだよ」

「それで、常識では考えられない安値で権藤に払い下げたわけか」

「そうしないと、葉月がひどい目に遭うと思ったんだよ」

「綺麗事を言うなっ。あんたは自分の命を奪われたくなかっただけだろうが！」

「それもあったが、葉月の将来を案じたんだよ」

「偽善者め！　あんたはエリート官僚のひとりだが、七千万、八千万円も年に所得があるわけじゃない。国有地が特定の不動産会社に渡るよう根回しをして、多額の謝礼を貰ってたんだろうがっ。便宜を図ってやった会社名を教えてもらおうか」

『首都(しゅと)不動産』と『明正(めいしょう)エステート』に商業ビル用地とマンション用地を落札できるよう部下たちに指示したことは否定しないよ」

「大手不動産会社から総額でどのくらい袖の下を貰ったんだ？」

「トータルで二億円を超えてる。先方は安く国有地を取得できて、何十億円も儲けた。わたしが特に強欲ということじゃないと思うがな」

「国有地は役人の物じゃない。エリート官僚だからって、不正な方法で払い下げるなんて納税者をなめきってる。あんたは学校秀才だったんだろうが、三流人間だな」

「そこまで言わなくてもいいじゃないか」

神林が、むっとした顔つきになった。

「そっちはクズだよ。偉そうなことを言える資格なんてないっ」

「……………」

「浦野議員の協力者の元検察事務官は、国有地の払い下げに不正があったことを調べ上げてた。当然、そのことは浦野議員に報告してたはずだ。国会で国有地の不正払い下げが取り上げられたら、あんたと権藤は万事休すってことになる。どっちにも、浦野議員殺害の動機はあるな」

「き、きみ、待ってくれ。わたしは殺人事件にはタッチしていない。それから、第三者に浦野議員を亡き者にしてほしいと頼んだこともないよ。権藤さんだって、議員殺しには絡んでないんじゃないのか」

「いや、権藤富士夫には疑わしい点がある。先月の中旬に浦野議員のブレーンだった犯罪ジャーナリストが怪死してるんだが、権藤はその彼を抱きこもうとしたんだよ」

「本当なのか!?」

「ああ。権藤は犯罪ジャーナリストに五千万円払うから、浦野議員の弱みを摑んでくれと頼んだんだよ。相手は毅然と断った。その腹いせに権藤は事故に見せかけて、誰かに犯罪ジャーナリストを葬らせた疑惑があるんだ。もしかしたら、関東誠道会の会長は流れ者か誰かに浦野議員と犯罪ジャーナリストの両方を殺らせたのかもしれないな。国有地を不正な手段で手に入れたことを国会で暴かれたら、権藤は身の破滅じゃないか」

「そうなんだが、やくざのボスは殺人が割に合わないことを知ってるだろう。だから、代理殺人なんか企んだりしないんじゃないのか。わたしは、そう思うね」

「人間は追い込まれたら、冷静な判断ができなくなる」

「権藤さんはともかく、わたしはどんな殺人事件にも関わってない。どうかわたしの言葉を信じてくれないか」

「どんな人間も正と邪、善と悪を併せ持ってる。保身本能が強く働けば、本性を剝き出しにしてしまう。愛人との関係をまた脅迫材料にされたくなくて、さっきあんたは香取葉月を窒息死させかけた」

「わたしは、どうなってしまうんだ?」

「国有地に絡む犯罪で起訴されるはずだから、まず職を失うな。愛人が被害届を出せば、あんたは殺人未遂容疑で地検に送致される。罪名は複数だから、実刑判決が下るだろう」

「ああ、なんてことなんだ。いったいどこで歯車が狂ってしまったのか」

「いい気になって若い愛人を囲ったことで、あんたの人生は暗転したんだろうな」

力丸は冷ややかに言って、右手を上着のアウトポケットに滑り込ませた。

ICレコーダーの停止ボタンを押し込んだとき、尾崎が階段を駆け降りてきた。

「香取葉月は協力的だったか?」

「ええ、知ってることは素直に話してくれました。ただ、パトロンに殺されそうになったことは認めようとしなかったな」

「なんだって!? 警察に被害届を出す気はないと言い張ったのか?」

力丸は確かめた。

「そうなんですよ。パトロンとは金だけで繫がってたわけじゃないから、神林の罪を重くするようなことはしたくないと繰り返し言ってました」

「その女心が哀しいな」

「健気な彼女をあんたは殺そうとしたんだ。冷血漢だな。ぶん殴ってやる！」

尾崎が息巻き、神林に迫る気配を見せた。

力丸は目顔で相棒を制止した。尾崎が固めた拳で自分の掌を打ち据えた。鈍く重い音が響いた。

「葉月……」

神林がうなだれた。

「どんなに反省しても、もう遅い。愛人のおかげで、殺人未遂容疑では不起訴になるかもしれないが、山梨県警に身柄を引き渡す。数日で釈放されるだろうが、あんたは警視庁の捜査二課と東京地検特捜部の両方に厳しく取り調べられるな」

「自業自得だね」

「その通りだな」

力丸は神林に言って、尾崎を振り仰いだ。

「山梨県警に出動要請をするから、そっちは香取葉月のそばにいてやってくれ」

「わかりました」

尾崎は神林に軽蔑の眼差しを向け、すぐに二階に上がった。力丸は山梨県警に連絡をした。

富士吉田署の五人の署員が貸別荘に駆けつけたのは十数分後だった。都内のレスポンスタイムより倍近く遅い。

尾崎が葉月を連れて階下に降りてきた。力丸は神林の手錠を外し、所轄署の捜査員たちに経過を話した。

「それ、違うんです。修司さん、いいえ、神林さんはふざけて枕をわたしの顔に被せただけなんですよ」

葉月が地元署の捜査員たちに大声で訴えた。

戸倉という名の警部補が訝しそうな目で力丸を見た。三十三、四歳だろうか。

「おたくの通報によると、そこに坐ってる神林なる人物が愛人の香取葉月さんの顔面に枕を強く押しつけて、窒息死させようとしたという話でしたよね」

「そう見えたんだがな。な?」

力丸は、横にいる尾崎の横顔に視線を向けた。尾崎が大きくうなずく。

「お二人にはそんなふうに映ったかもしれませんけど、わたしたちはたまにプレイでSMごっこをしてるんですよ」

「SMごっこ!?」

戸倉警部補がまじまじと葉月の顔を見た。

「ええ、そうです。愛の行為がマンネリになると、男女ともに物足りなさを感じることがありますでしょ？」

「パートナーがいつも同じだと、そう感じることがあるかもしれないね」

「だから、わたしたち、いろんなプレイをすることがあるんです。赤ちゃんプレイとかブラインド・セックスとか。お互いにアイマスクで目を隠すと、指がとっても敏感になるんですよ。どこを愛撫されてるか鮮明に感じ取れるようになるんで、官能を刺激されるんです」

「そうだろうね、多分」

「わたし、神林さんに荒っぽいプレイをしてって頼んだの。そういうプレイをしてる最中に警視庁の方たちが寝室になだれ込んできたんですよ。それで、誤解されたんでしょうね」

葉月がもっともらしく言った。

力丸は葉月の嘘がいじらしく思え、もう言葉を発することができなかった。尾崎も同じ気持ちになったようで、沈黙を守っている。

「葉月、もういいんだ。そんな作り話をする必要はないね」

「修司さん、何を言い出すの!? わたし、嘘なんかついてないじゃない」

「わたしは、きみの顔に枕をずっと押しつけて殺そうとした。葉月がいつか妻の座につきたいと言うかもしれないんで、不倫の関係を終わらせたかったんだよ」

「わたしは一度も結婚なんか望まなかったでしょ? あなたは別の理由で、わたしとの仲を清算したかったんじゃないの。そうなんでしょ?」

「ち、違う! そうじゃないっ」

神林が狼狽した。葉月を殺そうとしたことは認めながらも、権藤のことは言えなかったのだろう。

「別の理由って何なの?」

戸倉が葉月に訊いた。

「見当外れの想像をしてたのかもしれませんから、発言は控えます」

「せめてヒントだけでも与えてほしいな」

「ごめんなさい」

葉月が謝った。すると、戸倉刑事は神林に顔を向けた。

「おたくは何か思い当たるんじゃないの?」

「いいえ、特に……」

「もしかしたら、若い愛人を囲ってることを誰かに知られて、脅迫でもされてるんじゃないのかな。それで、交際相手を先に殺して自分も人生の終止符(ピリオド)を打とうと考えてたんじゃないの？」

「いいえ。ただ、不倫をだらだらとつづけるのはよくないと思っただけです」

神林は肝心なことには触れようとしなかった。

力丸はキャリア官僚を庇(かば)う気はなかったが、余計なことは喋らなかった。権藤のことを戸倉刑事たちに教えたら、特命捜査がやりにくくなるだろう。山梨県警に先に権藤の身柄を取られたら、権藤が浦野や長谷部の死に絡んでいるのかどうか確認できなくなるにちがいない。それは困る。どうしても避けなければならなかった。

相棒も同じ思いを秘めていたようで、押し黙ったままだった。戸倉が何か言いかけ、言葉を呑んだ。

「わたしが愛人関係にあった葉月、香取葉月を殺害しようとしたことは間違いありません。連行してもらっても、結構ですよ」

神林が肚(はら)を括(くく)ったらしく、きっぱりと言った。

「もう一度詳しいことを聞いてから、判断します」

「そうですか」

「あなたもソファに腰かけてくれないか」

戸倉が葉月に言った。葉月は顎を小さく引き、パトロンの斜め前のソファに坐った。

「後は山梨県警さんに引き継ぎをお願いするかな。戸倉さん、われわれ二人は東京に戻ってもいいでしょ？」

「ええ、どうぞ！　通報、ありがとうございました。神林を殺人未遂容疑で送致することはできないかもしれませんが、やるだけのことをやってみます」

「よろしく！　では、お先に！」

力丸は戸倉刑事たちに一礼し、尾崎とともに貸別荘から出た。コンビはアプローチを急ぎ足で歩き、エルグランドに乗り込んだ。運転席に腰を沈めたのは尾崎だった。

「葉月があれだけ神林を庇い通したんで、彼女のパトロンは証拠不十分で一晩留置されるだけで、釈放になりそうですね」

「多分な。葉月は車で先に東京に戻ることを許されるにちがいない。神林の殺人未遂に目をつぶってやった形になってしまったが、仕方がないよな」

「ええ。神林が権藤富士夫に悪事の片棒を担がされたことを山梨県警の人間に喋ったら、自分らの捜査活動がスムーズにいかなくなるでしょうからね。これで、よかったんだと思います」

「そう考えることにしよう。それにしても、葉月の一途な愛情には胸を打たれそうになったよ」

「自分もです。はるか年上の男の愛人になるような女は打算的で拝金主義者ばかりだと思い込んでましたが、葉月のような純な女もいるんですね」

「最初は金目当てで神林に口説かれたんだろうが、だんだん恋情が育ったみたいだな」

「そうなんでしょう」

「それに、五十代の男は女の体を識り抜いてる。若い時分は女遊びをしてこなかった神林も年齢を重ねるごとに、性技に磨きをかけたんだろうな」

「ええ、多分ね」

「葉月はパトロンの性技で本格的に開花したんで、離れられなくなったんじゃないか」

「それだけじゃなく、葉月は精神的にも神林に惹かれてしまったんでしょう。男から見たら、神林はほとんど魅力のない人間ですけどね。でも、しまいには殺人未遂を認めました」

「それが唯一の救いだな。浦野の死に神林は関与してないという心証を得た」

「そうですね。力丸さん、まだ権藤に対する疑惑は消えてません」

「東京に戻ったら、権藤を追い込もうや。その前に有村理事官に経過報告しておかないとな」

力丸は懐から刑事用携帯電話（ポリスモード）を取り出した。

3

すでに十五分は待たされていた。

力丸は少し焦（じ）れてきた。相棒は、さきほどから意味もなく足踏みをしている。

コンビは財務省の一階ロビーに立っていた。山中湖の貸別荘から東京に舞い戻ったとき、力丸は権藤に迫る妙案を思いついた。コンビは国有財産審理室の矢島室長との面会を受付で申し入れ、本人が現われるのを待っていた。

間もなく午後五時になる。

「多くのキャリア官僚は尊大だから、人を待たせることを何とも思ってないんでしょうね。思い上がってるな！」

「尾崎、あんまり苛々（いらいら）するなって。室長ともなれば、いろいろ忙しいんだろう」

「力丸さんは寛大なんですね。自分、時間をちゃんと守れない奴は信用しないことにしてるんですよ。そういう奴はエゴイストに決まってますので」

「まあ、まあ。少し冷静になれよ」

力丸は相棒をなだめた。

その直後、エレベーター乗り場から四十四、五歳の細身の男がやってきた。縁なし眼鏡をかけ、切れ者に見える。中背だった。

「あいつが矢島真吾みたいですね」

「そうなんだろう」

「自分らを待たせてるんだから、もっと急ぎ足で歩いてくればいいのに」

尾崎が口を尖らせた。力丸は小さく苦笑した。

「警視庁の方たちかな？」

四十代半ばの男が横柄な口調で問いかけてきた。

力丸はうなずき、上着のアウトポケットの中に右手を突っ込んだ。ＩＣレコーダーの録音スイッチを押し込む。

「矢島だが、何かの間違いじゃないのかな。警察の厄介になるようなことはしてないよ。おたくたちはなんて名だったっけ？」

「こっちは力丸、連れは尾崎です」

「そう。一応、警察手帳を見せてよ。偽刑事に難癖をつけられちゃ、かなわないからさ」

「呈示しますよっ」

尾崎が喧嘩腰に言って、警察手帳を矢島の眼前に翳した。矢島が数歩退がり、顔をしかめた。

「そんなに近づけなくても、見える！」

「失礼な物言いだったんで、むっとしたんですよ。面会人をさんざん待たせて、詫びもないんですかっ」

「そっちこそアポなしで、いきなり訪ねてくるなんてマナー違反じゃないか」

「キャリアだからって、偉そうに」

「大人げないぞ」

力丸は相棒をやんわりと窘め、自分の警察手帳を矢島に見せた。

「どっちも偽刑事じゃなさそうだな。で、用件は？」

「神林理財局長がちょっとした事件を起こして、いま山梨県警に身柄を拘束されてます」

「ま、まさか!?　神林局長は何をしたんだ？」

矢島が力丸の顔を正視した。

「起こした事件については詳しく教えられませんが、神林修司は職を失うことになるでしようね」

「きみらは組対部の人間だったな。局長は違法カジノで捕まったのか?」

「そうじゃありません」

「高級コールガールを買った? いや、そんなことはないな。神林局長には若い彼女がいるからね」

「局長と香取葉月さんの関係は、ご存じだったんですね」

「うん、まあ」

「神林局長が月々、愛人に百万円の手当を渡してたことも知ってらした?」

「いや、そこまでは……」

「財務省の局長まで出世したら、結構な俸給を得てたんでしょう。しかし、二十代の愛人を囲うほどの高収入があるとは思えません。局長は元お天気キャスターにブランド物をプレゼントして、フランス製のオープンカーまで買い与えてた」

「それは知らなかったな」

「矢島さんなら、神林局長の金回りのよかった理由に察しはついてるでしょ?」

「何か含みのある言い方をしたが、わたしは見当もつかないな。局長には目をかけられてたが、プライベートなつき合いをしてたわけじゃないんで」

矢島は喋りながら、しきりに周囲を見回した。

「親しかったはずですよ」

「神林局長は人参をぶら下げて、あなたに協力を求めたんでしょ？」

「協力を求めた？　さて、なんのことかな」

「シラを切る気なら、こっちから言いましょう。理財局長は関東誠道会の権藤会長に女性関係の弱みを握られて、国有地の払い下げに便宜を図れと脅迫された」

「えっ、そうなの!?」

「下手な芝居はやめなさいよっ」

尾崎が声を張った。

「無礼な奴だな」

「ばっくれようと思ってるんだろうが、もう神林修司が不正払い下げに関係していたことを認めてるんだ。おたくも観念したら？」

「…………」

「神林に上のポストに就けるようにするからって言われて、おたくは悪事に加担したんでしょ！　神林は理財局長だが、国有財産審理室の承認がなければ、独断で国有地を安売りすることなんかできない。おたくを抱き込まないと、神林は権藤の脅迫から逃れられなかったんだ」

「局長は東大の先輩だったし、上司でもあったから、頼みを無下(むげ)にはできなかったんだよ」

「やっぱり、神林の供述通りだったんだな」

力丸は、尾崎よりも先に口を開いた。

「わたしは局長に指示された通り、売買契約書を二種類用意して都心の一等地を三億二千万円で権藤会長個人に払い下げる手伝いをしただけだよ」

「それだけでも、犯罪になるな。十二億数千万円の価値のある国有地の土壌は汚染されてるからということにして、超安値で権藤に払い下げたんだな」

「神林局長にそうしてくれって頼まれたんだ。表の売買契約書は各部署の承認印を貰ってから、わたしが焼却したんだよ」

「表と裏の売買契約額に約九億円の違いがあるが……」

「財務省だけじゃなく、ほとんどの省が年間予算を遣(つか)い切ったことにして毎年余った金をプールしてる。その裏金をうまく操作して差額分をこっそり埋めたんだよ」

「で、権藤に破格の安値で国有地を払い下げたんだな」

「そうだ。帳簿の数字とプールしてる裏金の現金は合わないんだが、架空の出費で帳尻を合わせたんだよ。複数の局長が黙認してたことなんで、バレるはずはなかったんだがな」

「神林は心理的に追い込まれたんで、とんでもないことを考えたんだよ。われわれは神林の犯罪を目撃したんで、国有地の不正払い下げのことを追及することになった」

「局長は隠しきれないと思って、白状してしまったのか。こんなことになるんだったら、神林先輩と気まずくなっても、はっきりと協力を拒めばよかったな」

「もう手遅れだ。国有地の不正払い下げの件をこないだ六本木エクセレントホテルの一室で殺害された『新光クラブ』の浦野議員が取り上げる準備をしてたんだが、その件で神林はおたくに何か言ってなかった？」

「そういえば、元検察事務官のフリー調査員が問題の国有地の払い下げのことを嗅ぎ回ってるようだと局長が不安そうに洩らしてたことがあったな。不正払い下げのことを浦野議員に国会で取り上げられるとまずいんで、神林先輩は殺し屋でも雇ったんだろうか」

矢島が呟くように言った。

「それは考えられないな。しかし権藤は、浦野議員のブレーンだった犯罪ジャーナリストに五千万円払うから、〝暴露屋〟の弱みを押さえてくれと頼んでる」

「それで？」

「犯罪ジャーナリストはきっぱりと断ったんだが、先月の中旬、歩道橋の階段から転落して死んだんだ。所轄の中野署は事故と他殺の両面で捜査してるが、誰かに突き落とされたのかもしれないな」

「神林局長を脅迫してた権藤富士夫は金銭欲が強くて冷酷らしいから、浦野議員と犯罪ジャーナリストの二人を第三者に殺させたんじゃないのか」

「そう疑えるんだが、おたく、神林から何か聞いてない？」

「いや、特に聞いてないよ」

「そうか」

「わたしはどうなっちゃうんだ？」

「国有地の払い下げの件は、いずれ表沙汰になるな。おそらく神林とおたくは警視庁の捜査二課知能犯係と東京地検特捜部の両方に厳しく取り調べられて、有罪判決を下されるだろう」

「わたしは神林先輩の指示に従っただけなんだ。進んで権藤に便宜を図ったわけじゃない。だから、局長がひとりで罪を被ってくれると思う。そうしてもらわないと、困るよ。人生が台なしになるからな」

「たとえ神林修司が自分だけで罪を背負う気になっても、おたくが知らぬ存ぜぬを極め込むことはできない」

「えっ、どういうことなんだ？」

「こういうことさ」

力丸はにっと笑い、上着のアウトポケットからICレコーダーを掴み出した。すぐに停止ボタンを押す。

「遣り取りをずっと録音してたのか!? 汚いじゃないか。おい、音声を消してくれ。ただちに削除するんだ」

「悪いことをしたくせに、善人ぶるんじゃないよ」

尾崎が言い放って、矢島の肩口を軽く突いた。それだけでも矢島は体のバランスを崩し、フロアに尻餅をついた。

「ご協力に感謝します」

尾崎が小ばかにした笑いを浮かべ、最敬礼した。矢島が小声で尾崎を罵った。

「行こう」

力丸は相棒に言って、体を反転させた。尾崎が踵を返す。

二人は財務省を出た。エルグランドは近くの路上に駐めてある。

「権藤にもう一度、電話をかける」

力丸は歩きながら、相棒に段取りを教えた。

「神林と矢島の録音音声を関東誠道会の会長に聴かせるんですね」

「そう。北海道の破門やくざだと名乗って、新宿中央公園で待ちぼうけを喰わされたことの厭味を言ってから、神林たち二人の録音音声を聞かせてやろう」

「偽の破門やくざだってバレちゃうでしょう？」

「ああ、バレるだろうな。おれは刑事だってことを明かして、権藤に裏取引を持ちかけるつもりだ」

「神林たち二人の音声データを買えって言うんですね？」

「そう。音声データを一千万円で売ってやるとな」

「力丸さん、一千万じゃ安すぎるでしょ？　権藤にとって、致命的な音声ですんで」

「そうだな。なら、二千万円を要求するか」

「三千万ぐらい要求しないと、偽の裏取引と見抜かれてしまうでしょう？」

「そうかもしれないな。よし、三千万円と引き換えに音声データを渡すと言おう。もちろん、罠を仕掛けた後、裏取引はチャラにすると言ってやるよ」

「こちらが素姓を明かして裏取引を持ちかければ、おかしなことはしないでしょう。裏取引に応じなければ、権藤は法廷に立たされるわけですからね」

　尾崎が口を閉じた。

間もなくエルグランドを駐めた場所に達した。先に尾崎が運転席に入った。力丸は助手席に乗り込んだ。

グローブボックスからプリペイド式の携帯電話を取り出し、権藤のスマートフォンを鳴らす。ツーコールで、通話可能状態になった。

「極上の覚醒剤（シャブ）を横奪（ど）りしようなんて、会長はセコいね」

「あっ、その声は北海道の破門やくざだな」

「そうだ。佐藤だよ」

「別に品物（ブツ）をかっさらう気はなかったんだ。麻薬取締官（マトリ）の囮（おとり）捜査かもしれねえと思ったんで、若い者たちにそっちの正体を探らせようとしたんだよ」

権藤が言い訳した。

「ずいぶん慎重だね」

「何年か前に囮捜査に引っかかりそうになったことがあるんだよ。だから、つい大事をとる気になったんだ。気を悪くしたんだったら、謝るよ。勘弁してくれねえか」

「水に流すか」

「ありがてえ。それじゃ、改めて取引しようじゃねえか。本部事務所が厭なら、おれの家（ヤサ）に来てもらってもいいよ。いま住所を教えらあ。渋谷区西原（にしはら）一丁目十×番地だ。割にでつけえ家だから、すぐに見つかるだろう。石塀の上に忍び返しが連なってるよ」

「汚れた金で豪邸を建てたんだろうな」

「前回の電話と違って、きょうはタメ口か。まだ機嫌を直してねえみてえだな。今度は、きれいに取引するよ」

「自宅も駄目だ。会長は嫁いだ娘の子をものすごくかわいがってるみたいだな」

「そんなことまで調べ上げたのか!? 孫は目に入れても痛くねえ。欲しい物はなんでも買ってやってんだ。娘にあんまり孫を甘やかすなって言われてるけどさ」

「会長の娘の嫁ぎ先で、サンプルのパケを渡すよ。成分を調べた後、九千九百万円と品物を交換しよう。孫のいる家ではおかしな真似はしないだろうからな」

「娘の夫は当然、おれが堅気じゃないことを知ってる。婿はおれが関東誠道会の会長だって承知の上で両親の猛反対を押し切って、娘と結婚してくれたんだ。娘夫婦の家でパケなんか受け取れねえ。どこか別の場所で落ち合おうじゃねえか。新宿を避けたいんだったら、渋谷でも赤坂でもいいよ。必ずおれひとりで指定された場所に行かあ」

「会長の言葉を信じてもいいのかな」

「信じてくれや。絶対に単独で行くからさ」

「わかった。午後七時に渋谷の宮益坂上の歩道橋の真ん中で落ち合おう」

「妙な場所を指定したな。ホテルのロビーは目立っちまうだろうが、ほかに人目につかねえ所があるだろう」

「会長のことを百パーセント、信じてるわけじゃないんでね。歩道橋の真ん中なら、見通しが利く。こっそり連れてきた護衛の者がどっちかの階段を駆け上がってきても、すぐに気づくだろう」

「そういうことか」

「会長が護身銃を隠し持ってるとわかったら、先にぶっ放すぞ。こっちは、サイレンサー・ピストルのマカロフPbを持ち歩いてる。銃声が響くことはないから、迷うことなく発砲するぞ」

力丸は、はったり(ブラフ)をかました。

「物騒な物は持っていかねえよ」

「なら、七時に歩道橋の上で落ち合おう。こっちから声をかけるから、会長はきょろきょろしないでほしいんだ」

「わかった。それじゃ、後で会おうや」

権藤が通話を切り上げた。力丸はプリペイド式の携帯電話をグローブボックスの中に収めた。

「電話しながら、作戦を少し変えることに決めたよ。神林と矢島の録音音声を権藤に聴かせたら、高飛びされそうだよな?」

「ええ、ジャンプされるでしょうね。指定した歩道橋に権藤が来たときに神林たち二人の音声を流したほうがいいと思います」

「ああ、そうしよう。権藤が第三者に浦野議員を始末させたとわかったら、その場で緊急逮捕する。犯罪ジャーナリストの長谷部の死に関与してたら、同様に身柄を押さえる。いいな?」

「はい。力丸さん、七時まで少し時間がありますね。自分、急に冷し中華が喰いたくなったんですよ。渋谷に行く途中で、ラーメン屋に寄りません?」

「腹が減っては戦はできぬか。よし、そうするか」

「わがままを言いまして……」

尾崎が照れ笑いをしながら、エルグランドを発進させた。

専用覆面パトカーは虎ノ門経由で赤坂見附方面に走った。尾崎が車を停めたのは、赤坂署の数百メートル先にあるラーメン屋の前だった。

力丸たちは店内に入り、カウンターに並んで腰かけた。客の姿は多くない。味がよくないのだろうか。

二人は冷し中華を注文した。尾崎が少し経ってから、五目炒飯を追加注文した。巨体を支えるには、高カロリーが必要なのだろう。

先に冷し中華ができ上がった。昔懐かしい味付けだった。予想と違って、割にうまかった。五目炒飯が尾崎の前に置かれる。相棒はレンゲを手に取って、ダイナミックに食べはじめた。

「食後の一服をしてくる」

力丸は尾崎に言って、店の外に出た。数メートル離れた場所に立ち、セブンスターに火を点ける。

煙草を喫っていると、脈絡もなく井村香奈の顔が脳裏に浮かんだ。次いで熟れた裸身が明滅した。その後、つい立花由華の裸身を想像してしまった。単に美人公設秘書を抱きたいと思っているだけなのか。それだけではない気がするが、自分にもよくわからない。

力丸は邪念を払って、短くなった煙草を携帯用灰皿の中で押し潰した。火は消えたはずだ。

ラーメン店内に戻りかけたとき、ポリスモードに着信があった。発信者は分室室長の有村理事官だった。

「少し前に富士吉田署に探りを入れてみたんだが、香取葉月と神林の供述が喰い違ってるんで、困惑してる様子だったな」

「そうですか。神林は証拠不十分で釈放されそうですね」

「そうなったら、捜二の知能犯係に国有地の不正払い下げの一件を情報提供してやらないとね。本格的な取り調べは、東京地検特捜部がやることになるだろうが……」

「捜二に情報を提供すべきですが、もう少し待ってください」

力丸は、神林の部下の矢島真吾から重要な証言を得られたことを伝えた。ＩＣレコーダーに矢島の音声を収録したことだけではなく、権藤を誘き出せそうだとも付け加えた。

「関東誠道会の会長は、罠を仕掛けられたと察知したんじゃないだろうか」

「そうだとしたら、また本人は指定した場所に現われないでしょう。そして、若い者たちにこっちの正体を突きとめさせる気になると思います」

「だろうね」

「しかし、こちらはもう切札を手に入れたんです。神林と矢島の録音音声を権藤に聞かせたら、浦野と長谷部の死に絡んでたかどうかははっきりするでしょう」

「権藤は抜け目のない男なんだろうから、きみら二人は決して油断しないでくれ」

有村室長がそう言い、電話を切った。

力丸はポリスモードを所定のポケットに戻し、ラーメン店の中に戻った。尾崎は五目炒飯を食べ終えていた。

コンビは店を出て、エルグランドの中に入った。尾崎の運転で、青山通りを道なりに進んだ。目的地には十四、五分で到着した。エルグランドを宮益坂上の歩道橋近くの路上に停め、時間を遣り過ごす。

力丸たちが車を降りたのは午後六時四十分ごろだった。

二人は時間を少しずらして、歩道橋に上がった。背中合わせに手摺に寄り、遠くを眺める。

権藤が現われたのは七時数分前だった。縞柄の長袖シャツの袖口を捲り上げ、上着は小脇に抱えている。丸腰であることをアピールしたかったのだろう。

「権藤会長だな？」

力丸は確かめた。権藤が体ごと振り返る。

「北海道育ちの佐藤さんだな。物騒な物は何も持ってねえから、サンプルのパケを渡してくれや」

「パケなんて持ってきてない」

「なんだとっ」

「まんまと引っかかったな。おれは警視庁の者だ」

「笑えねえ冗談だぜ」

「冗談じゃないんだよ、おっさん」

尾崎が言って、権藤の片腕をむんずと摑んだ。権藤が全身でもがいた。だが、尾崎の手を振り払うことはできなかった。

「ちょっとつき合ってもらうぞ」

力丸はそう言い、権藤のもう片方の腕を摑んだ。二人は両側から権藤を挟みながら、歩道橋の階段を降りた。

尾崎が権藤を先に車内に押し込み、素早く横に坐る。力丸は反対側からエルグランドに乗り込んで、上着のアウトポケットからICレコーダーを取り出した。

「いったい何がどうしたってんだっ」

権藤が吼えた。

力丸は黙殺し、ICレコーダーの再生ボタンを押した。最初に神林の供述が流れ、次の矢島の証言に引き継がれた。

「この二人の証言があるんだ。国有地を汚い手を使って、超安値で手に入れたな？」

「さあ、どうだったかな」

「おっさん、警察をなめてるなっ」

尾崎が言いざま、権藤の脇腹に連続して三回肘打ちを見舞った。権藤は断続的に唸ったたけで、返事をしようとしない。

力丸はショルダーホルスターからシグP230Jを引き抜き、手早くスライドを引いた。初弾が薬室に送り込まれた。

「このハンドガンは以前、暴発したことがあるんだよ。きょうも勝手に弾が飛び出しそうだな」

「お巡りがこんなことをやってもいいのかっ」

「おれたちは、どっちも無頼派なんだよ。ルールは破りたくなるんだ」

「ま、負けたよ。財務省の神林理財局長の弱みにつけ込んで、国有地を安く手に入れたことは認めらあ」

「国有地を不正に払い下げてもらったことを浦野議員のブレーンの元検察事務官に知られたんで、〝暴露屋〟を誰かに殺らせたんじゃないのかっ。田代って構成員の犯行に見せかけてな。それから、あんたは犯罪ジャーナリストの長谷部に五千万円払うからと言って、浦野正輝の弱みを押さえさせようとした。だが、長谷部は餌に喰いつかなかった。それで、第三者に事故を装って長谷部の口を封じさせた疑いも濃いな」

「おれは浦野と長谷部の死とは無関係だ。怪しいと思うんなら、徹底的に調べろや」

権藤が逆上して、喚き散らした。筋の読み方が間違っていたのか。

「本庁でじっくり調べさせてもらおう」

力丸は権藤に言い、相棒に目で合図した。

尾崎が運転席に移った。じきにエルグランドが走りだした。

4

空気が重い。

本庁組対部の取調室は、気まずい沈黙に支配されていた。時刻は午後九時近かった。

力丸はスチールのデスクを挟んで、権藤富士夫と向かい合っていた。尾崎は背後で供述調書を取っている。

使用しているのは取調室3だった。組対部分室に専用の取調室は与えられていない。いつも空いている取調室を使っていた。

「アリバイ調べは済んでるんだろ？」

権藤はげんなりした表情で言った。

「ああ。浦野議員が殺された晩、あんたは病死した兄弟分の通夜に参列してた。その裏付け（ウラ）は取れた」

「そうかい」

「それから、犯罪ジャーナリストの長谷部涼太が転落死した夜のアリバイも成立した。その晩、あんたは本部事務所で下部組織（エダ）の組長七人と酒を酌（く）み交わしてた」

「ああ、そうだよ」

「あんたが殺人の実行犯じゃないことは間違いなさそうだ。ただ、殺人教唆の疑いは残ってる。あんたが足のつきにくい人間に浦野正輝を殺（や）らせたと疑えなくもない。長谷部の死が他殺だと断定されたら、同じように疑惑は拭えないな」

力丸は言った。

「いい加減にしてくれや。おれたちは力の世界で生きてるんだが、めったなことじゃ殺人（コロシ）なんかやらねえよ。殺人教唆だって、割に合わねえことを知ってる」

「そう言うが、現に裏社会の殺人件数は少なくない。やくざは面子（メンツ）を気にするからな」

「男稼業を張ってる者同士が意地を張り合って、命（タマ）を奪（と）ったりしてることは確かだよ。けど、浦野議員はやくざじゃない」

「そうなんだが、あんたは国有地を不正に安く手に入れたことを浦野正輝のブレーンに知られてしまった。元検察事務官は確証こそ得てないが、あんたが神林の私生活の乱れを恐喝材料にしたという状況証拠は……」

「フリー調査員の室井がおれの身辺を探ってたことは認めらあ。それから、神林の女性問題を嗅ぎつけたこともな。けどな、告発材料が完璧に揃ったわけじゃねえ」

「だから、浦野を抹殺するはずない？」

「そうだよ。室井に致命的な弱みを知られたんだったら、先に奴の口を封じてるだろう。けどよ、室井は生きてるじゃねえか。おれが誰かに浦野を始末させるわけねえだろうが！」

「あんたの言い分はそうだが、気になることもある。あんたは浦野議員のブレーンだった犯罪ジャーナリストの長谷部に五千万円やるから、〝暴露屋〟の弱みを押さえてくれないかと抱き込みを図った」

「…………」

「結局、長谷部には断られたんだが、五千万の謝礼を払ってでも、浦野の告発を阻止したかったんだろう？」

「うん、まあ」

「そうなら、第三者に浦野と長谷部の二人の口を封じさせたのではないかと疑いたくなるじゃないか」

「おれはどっちも誰にも殺らせてねえって。何度言ったら、わかるんでえ」

「大声を出すんじゃない！」

尾崎が椅子ごと体も反転させ、権藤を怒鳴りつけた。

「若造がっ」

「手錠は掛けてないから、いつでも殴りかかってこいよ」

「くそったれ！」

「おっさんこそ、くそだな」

「て、てめえーっ」

権藤がいきなり立ち、腰を浮かせかけた。

「坐ってろ！」

力丸は大声で命じた。

「そっちの部下は礼儀を弁えてねえな。おれは殺人事件には絡んでねえんだ。なのに、犯罪者扱いしやがって。やくざにも人権はあるんだ」

「ああ、それはな。しかし、あんたは紛れもなく犯罪者だ。財務省の理財局長の弱みにつけ入って、価値の高い国有地を超安値で手に入れたんだから」

「そうなんだが……」

権藤がうなだれた。

ちょうどそのとき、有村理事官が取調室3に入ってきた。

「理事官、どうされたんです？」

「力丸君、中野署が長谷部涼太の死は他殺だと断定したよ。有力な目撃情報はなかったんだが、新たな証言者が現われたそうだ」

「その証言者は？」

「危険ドラッグで検挙されたことのある若者なんだが、きびきびした動作の男が歩道橋の階段の上から長谷部を突き落として逃げたのを……」

「はっきりと見たんですね？」

「そうした目撃証言があったんで、防犯カメラの映像を最新の分析機器で検べ直したらしいんだ。逃げた男は『誠道産業』という縫い取りの入った作業服を着てた」

「関東誠道会の企業舎弟の重機リース会社の作業服を着てたって!?」

権藤の声は裏返っていた。有村理事官が権藤を見据えた。

「親分、潔く白状したら、楽になるんじゃないか。浦野議員と犯罪ジャーナリストの長谷部の口を封じさせたのは親分じゃないの？」

「誰かがおれに殺人教唆の罪を被せようと小細工しやがったんだな。ふざけやがって！」

「親分を陥れたと思われる人物に心当たりは？」

「すぐに思い当たる奴は頭に浮かばねえけど、おれは堅気じゃない。いろんな人間に恨まれてるだろう。けどな、おれは本当に誰にも代理殺人なんかやらせてねえって。嘘発見器にかけてもいいよ」

権藤が叫ぶように言った。有村が力丸に顔を向けてきた。

「今夜はこれぐらいにして、明日、ポリグラフにかけてみるか」

「そうですね」

「自分、留置係を呼んできます」

尾崎が椅子から立ち上がって、あたふたと取調室3から出ていった。

「親分、シノギが大変なんだろうが、あこぎな金儲けは少し慎まないとね。あんまり堅気をいじめると、そのうち逆襲されかねないよ」

有村理事官が言い諭した。

「暴対法でやくざ者を締めすぎるから、どうしても荒っぽいビジネスをするようになったんだ」

「親分、その言い分はおかしいな。自己弁護は見苦しいぞ。任侠道云々と言う気はないが、はぐれ者も筋を通さないとね。一般市民に迷惑をかけるようじゃ、男が廃るんじゃないのか」

「けどね、おれらも喰っていかなきゃならねえ。素人さんをいじめたくはねえけど、こっちにも生きる権利があるよな。多少のことは我慢してもらわねえと……」

「権藤、甘ったれるな！」

力丸はどやしつけた。

「おれたちを虫けら扱いするな」

「虫けら以下だよ、あんたらは。多くの虫けらは高く評価されないが、たいがい人間には無害だ。あんたらは一般人をビビらせて、いろんな迷惑をかけてる」

「そういうけどさ、前科持ちを温かく迎え入れてくれる社会じゃねえよな。やくざ者だって、生きにくいんだよ。国に助けてもらいてえぐらいだ」

「身勝手なことを言ってると、おれも怒るぜ」

「半分は冗談だよ」

権藤が目を逸らして、口を結んだ。

そのすぐ後、尾崎が二人の留置係を伴って戻ってきた。権藤は留置係たちに取調室から連れ出された。

「二人ともお疲れさん！　分室に戻ろうか」

有村理事官が言った。力丸と尾崎はうなずいた。

三人は組対部分室に戻り、ソファに腰を落とした。

「力丸君、中野署が長谷部涼太は歩道橋の階段から正体不明の男に突き落とされたと判断したことをどう考える？」

有村理事官が訊いた。

「他殺という見方をしたことは正しいでしょうね。しかし、加害者が『誠道興業』の作業服を着てたということに引っかかります」

「作為的じゃないかってことだね？」

「ええ、そうです。密室での犯行ではありません。犯人は、どこかで誰かに見られてたかもしれないと考えるはずですよ」

「そうだろうな。関東誠道会のフロントの作業服をわざわざ着て、犯行に及ぶのは不自然か」

「ええ、そう思います」

「尾崎君の意見を聞きたいな」

「確かに不自然ではありますよね。しかし、長谷部の事件の首謀者と疑える権藤は構成員が勝手にやった犯行だと空とぼける気だったんじゃないかな」

「それで、言い逃れられると思うだろうか。権藤は、長谷部に人参をちらつかせて浦野議員の致命的な弱みを押さえさせようとした事実がある」

「ええ、そうですね」

「手下が独断で長谷部を殺ったんだと言い逃れられると思うかな」

「そう言われると、そんな言い逃れは通らないと考えそうですね。権藤に恨みを持つ者が罪をなすりつけようとしたんでしょうか」

「多分、そうなんだろう」

「財務省の神林局長は権藤に弱みを知られて、国有地の不正払い下げに協力させられました。なんとか反撃しなければ、際限なく悪事の手伝いをさせられるという強迫観念に取り憑かれたのかもしれません」

「それで、神林は誰かに長谷部を殺させて、関東誠道会関係者が犯人だと見せかけた。そういう筋読みだね？」

「ええ、そうです」

「きみの推測にケチをつけるつもりはないが、権藤は長谷部を抱き込もうとしたことを神林に話したんだろうか。やくざの親玉が不利になるようなことを神林に話すとは考えにくいんじゃないのか」

「ええ、確かにね。神林が権藤に濡衣を着せようとした可能性は低いと考えるべきかもしれません」

「力丸君、わたしの読みは間違ってるだろうか」

「正しいと思います。神林は、権藤が長谷部を抱き込もうとしたことは知らなかったんでしょう。そうなら、誰かに長谷部を片づけさせる必要はありません」

「そういうことになるね。初動捜査で、長谷部が民自党の丹波将史の収賄の証拠を押さえようとしてたことは明らかになった」

「ええ、そうですね。丹波の妹の夫の笹森久志は倒産させてしまった遺伝子検査会社の個人情報を悪用し、顧客の親子関係のＤＮＡ鑑定を恐喝材料にしてました」

「それだけではなく、笹森は癌リスクのある者たちにインチキな癌予防薬や特効薬を超高値で売りつけて荒稼ぎをしてた。丹波は義弟からヤミ献金を貰った見返りとして、笹森の犯罪の揉み消しをした疑いがあるということだったね」

「そうです、そうです。長谷部が悪事をどこまで把握してたかは不明ですが、だいぶ証拠集めは進んでたんでしょう」

「そう考えてもいいんだろうな。それだから、長谷部は事故に見せかけて殺されることになったんだろう」

「シンプルに考えると、丹波議員か笹森のどちらかが第三者に長谷部を始末させたと思われますよね」

尾崎が有村理事官に言った。

「あるいは、丹波と笹森が共謀したとも考えられるな」

「ええ、そうですね。浦野と長谷部の死はリンクしてないんでしょうか」

「リンクしてる可能性はあるのではないかね。浦野議員は、長谷部に丹波のことを調べさせてたんだから」

「ええ。力丸さんは浦野と長谷部の死はリンクしてると推測してます？」

「残念だが、まだ何とも言えないな。民自党の丹波議員は権力と金に弱そうな印象を受けるから、法すれすれのことは平気でやってるんだろうな。ほうぼうからヤミ献金を貰って、特定の会社や団体に便宜を図ってるんじゃないか」

「悪徳政治家っぽいイメージがあることは確かですよね。どんな汚い手を使っても、権力と金を摑みたいと考えてるような感じがします。義弟にたっぷりヤミ献金の類を貰ってたら、悪事の揉み消しに駆けずり回りそうですよね」

「二人とも、イメージだけでそこまで言うのはよくないな」

有村理事官が苦言を呈した。力丸は己の独断と偏見を恥じた。尾崎も反省した様子だった。

「力丸君、話は飛ぶが……」

「なんでしょう？」

「江角部長は、神林と権藤を捜二知能犯係か東京地検特捜部に引き渡すことに少し難色を示されてるんだよ。国有地の不正払い下げという犯罪そのものは組対部の領域ではないんだが、やくざの親玉の脅迫に端を発した悪事だからな」

「ええ、そうですね」

「組対部は反社会勢力の犯罪を摘発してるんだが、殺人、強盗、窃盗、脅迫、恐喝、詐欺なども守備範囲に入ってる。だから、何も捜二や東京地検特捜部に捜査を引き継いでもらう必要はないのではないか。江角部長はそうおっしゃってるんだ」

「そうですか」

「短期間に複数に跨がる事案を解決させるのは苦労も多いだろうが、組対部分室でなんとか落着させてもらえないか。江角部長だけではなく、実はわたしもそれを望んでるんだよ。手柄を組対部で独り占めにしたいという気持ちよりも、捜一、捜二、東京地検にいいとこ取りをされるのは面白くないじゃないか。捜一から出向中のきみに、こんなことを言うのはおかしいだろうが」

「捜一から助っ人として出向してますが、いまのホームは組対部分室だと思ってます。ですので、妙なお気遣いは無用です」

「そう言ってもらえると、ありがたいね」

「ただ、限られた日数で尾崎と二人で何もかもやらなければなりませんから、やはり限界はあります」

力丸は言った。

「それはそうだね。江角部長は、組対各課から選りすぐった三、四人を後方支援班にする気でいるんだ」

「バックアップ要員がいたら、それは心強いですね」

「部長は、すでに人選は終えてるようなんだよ。だから、すぐに後方支援班を結成することはできそうなんだ。きみらがオーケーしてくれたら、ただちに準備に取りかかろう」

「こちらに異存はありません」

「尾崎君の気持ちはどうなのかな？」

「自分は力丸班長に従いますよ」

「そうか。任務がハードだろうが、よろしくな」

「はい」

尾崎が少年のように顔を綻(ほころ)ばせた。有村理事官が口を開く。

「明日から二人とも忙しくなるぞ。富士吉田署にいる神林が証拠不十分で釈放されたら、財務省の局長も組対部で改めて調べることになる」

「理事官、権藤もポリグラフにかけなければなりません」

力丸は言った。

「そうだったね。神林と権藤の調べは、結成予定の後方支援班にやらせよう」

「そうしてもらえると、とても助かります」

「きみと尾崎君は、明日から丹波将史と笹森久志の二人をマークしてくれないか。犯罪ジャーナリストの長谷部殺しに関わってるかもしれないからな」

「どちらか一方、あるいは丹波と笹森が共謀して第三者に長谷部を始末させた疑いはゼロじゃないでしょう」

「長谷部を歩道橋の階段から突き落として逃走した被疑者(マルヒ)は動作のきびきびとした男だったという証言があるから、元自衛官か元警察官なのかもしれないな」

「ええ」

「今夜は早めに寝(やす)んでくれないか。ご苦労さまでした」

有村理事官がソファから立ち上がって、ゆっくりと分室から出ていった。

「バックアップ要員を三、四人揃えてくれるんだったら、捜査は進みそうですね」

「だろうな。尾崎、有楽町のガード下のヤキトリ屋で軽く飲むか」

力丸は相棒に言って、先に腰を上げた。

第四章　透けた疑惑

1

前夜の酒が抜け切っていないのか。

少々、頭が重い。力丸はエレベーターを五階で降り、組対部分室に向かった。本部庁舎である。

相棒と有楽町のガード下にあるヤキトリ屋で軽く飲んだ後、ひとりで別の酒場に行った。目黒区鷹番にある自宅マンションにタクシーで帰ったのは午前一時半過ぎだった。

力丸は歩きながら、左手首に嵌めたＩＷＣの腕時計を見た。

午前九時を十五分ほど過ぎている。力丸は組対部分室に駆け込んだ。

尾崎は自分の席に坐って、全国紙の朝刊に目を通していた。

「力丸さん、きのうはご馳走さまでした。自分の分は払うつもりでいたんですが、先に支払いをしてもらっちゃったんで。悪かったですね」

「勘定は安かったんだ。どうってことないよ」

「自分と別れた後、女性の部屋に行ったんじゃないんですか。男は酒が入ると、妙に柔肌が恋しくなりますからね」

「さては、家に帰って奥さんと仲良くしたな」

「話をはぐらかさないで、ちゃんと質問に答えてください」

「大人向けのカウンターバーで仕上げのスコッチを飲んで、真っ直ぐ塒に戻ったよ」

力丸は答えて、ソファセットの椅子に腰かけた。

尾崎が自席から離れ、手早く茶を淹れてくれた。二人で緑茶を啜っていると、有村理事官が三人の刑事を伴って現われた。刑事たちは全員、組対部に所属していた。

力丸は誰とも親しく言葉を交わしたことはなかったが、三人の顔は知っていた。ただ、氏名までは記憶していない。

「江角部長が選んだ後方支援班のメンバーだよ。尾崎君は三人のことはよく知ってるはずだが、力丸君は三人の名前までは知らないと思う」

有村理事官が言った。力丸はソファから立ち上がって、姓を名乗った。

三人の支援要員が順に自己紹介した。尾崎のようないかつい面相の男はいなかった。班長に抜擢された影山俊は三十三歳の警部補で、暴力団対策課に所属している。

片瀬陽一巡査部長は三十一歳で、国際犯罪対策課で不良外国人の犯罪を取り締まっているという。堂裕也巡査長は二十九歳になったばかりらしい。薬物銃器対策課にいるそうだ。

「それぞれ優秀なんだ。影山君と尾崎君は職階が同じなんだが、旧組対二課で先輩後輩の関係にあったんだよ」

有村理事官が力丸に言った。力丸は影山に声をかけた。

「尾崎にさんざん扱き使われたんじゃないのか」

「いいえ、いつも後輩には優しく接してくれてました」

「尾崎の悪口なんか言ったら、すぐに金的を蹴り上げられるか」

「先輩はやの字に間違えられたりしていましたが、根は優しいんですよ」

「影山、ヨイショしなくていいって」

尾崎が照れた。影山だけではなく、片瀬や堂も笑顔を見せた。

「力丸さん、影山は捜一に引き抜かれてもおかしくないほど凶悪事案をスピード解決させてきたんです。掛値なしにデキる奴ですよ」

「そうか」

「片瀬は語学に長けてて、中国語、韓国語、英語、ペルシャ語の日常会話ができるんです」

「すごいな。おれは日本語とブロークン・イングリッシュしか喋れない。スケベな単語だけなら、フランス語、イタリア語、スペイン語、ポルトガル語でもわかるがな」

「力丸さんは女好きですからね」

「この野郎！」

力丸は相棒を殴る真似をした。

影山たち三人が笑い声をたてた。有村理事官も頰を緩めている。

「堂は組対部で一、二位を争うほど射撃がうまいんですよ。銃器にやたら精しいんです」

「そう」

「おまえ、拳銃を持ちたくて警察官になったんじゃないのか。え？」

尾崎が堂巡査長をからかった。

「正直に言うと、そうですね。警視庁に採用されなかったら、麻薬取締官か海上保安官になるつもりでした」

「自衛官も銃器を貸与されてるぞ」

「訓練が厳しそうなんで、パスしたんです」

「なんか危ない奴だな。正当防衛を装って容疑者を撃ちまくったりするなよ」

「そうしたくなることもありますが、ぐっと抑えます」

堂が澄ました顔で応じた。

「理事官、面白そうなメンバーですね」

「力丸君がそう言ってくれたんで、ほっとしたよ。後方支援班のメンバーと反りが合わなかったら、うまくバックアップはできないだろうからね。影山君たち三人には、権藤にポリグラフをかけてもらう。権藤の供述通りなら、国有地の不正払い下げに関する脅迫や公文書偽造教唆で地検に送致することになるだろう」

「わかりました。神林修司も釈放されたら、警視庁の組対部で取り調べることになるんですね？」

「影山君たち後方支援班に任意同行を求めてもらう。もう神林は肚を括ったようだから、逃亡の恐れはないと思うよ」

「そうでしょうね」

「きみと尾崎君は予定通り、丹波議員と義弟の笹森の二人を調べてくれないか」

有村理事官が指示し、影山たちと一緒に組対部分室から消えた。

「新聞記者に成りすまして、丹波将史にインタビュー取材の申し込みをするか」

力丸は自分のデスクに向かって、捜査資料のファイルを開いた。

丹波の事務所は千代田区永田町にある。まだ事務所には顔を出していないだろう。

資料には、丹波のスマートフォンのナンバーも記してあった。力丸は私物のスマートフォンを使って、丹波議員に電話をかけた。
五、六回呼び出し音が響いてから、電話が繋がった。
「丹波だが、どなたかな?」

「『毎朝日報』政治部の中村努と申します。朝早くから電話を差し上げて申し訳ありません。できるだけ早く先生のインタビュー記事で紙面を飾りたいんですよ」

力丸は偽名を騙り、とっさに思いついた作り話を澱みなく喋った。

「取材の狙いを教えてくれ」

「以前、先生はテレビの討論番組に出演されたとき、二世や三世の国会議員を減らすべきだという意見を述べられましたでしょう?」

「そうだね。民自党には衆参両院合わせて数十人の二、三世議員がいる。彼らの父親や祖父は、たいがい閣僚経験者だ」

「ええ、そうですね」

「そんなことで、連中は各派閥で優遇されてる。だから、入閣する率が高いんだ。歌舞伎役者や会社創業者の息子や孫じゃあるまいし、世襲みたいなことはやってはいかんのだよ。きみ、そう思わんか？」

「同感です。三代にわたって独裁支配してる国が近くにありますが、本質的には二世や三世が首相や大臣になるのと一緒でしょう？」

「そうだな。そんなことをつづけてるから、日本の政治は堕落してしまったんだ。選挙有権者はもっと真剣な姿勢で投票しないと駄目だよ」

「おっしゃるとおりですね。国民の多くは政治に絶望してるんでしょう」

「それではまずいんだよ。『救国同盟』と名乗る謎のテロ集団が国家を私物化してた有力者たちを十八人も抹殺したが、無政府状態ではないんだから、そこまで過激な行動に走るのはよくない。もどかしくなって、アナーキーな凶行に走りたくなる気持ちはわからないでもないがね」

「日本は法治国家ですので……」

「そうなんだ。二世や三世の議員がぐっと減少すれば、有権者が政治に絶望することはなくなるだろう」

「そうなってほしいですね」

「そうしなきゃ、いけないんだよ」

丹波が力んで言った。

「インタビューで、先生に有権者たちは目を覚ます必要があると強く訴えていただきたいですね」

「そういうことなら、喜んで協力しよう。インタビューの謝礼などいらんぞ。政治活動には金がかかるが、わたしを支持してくれる方たちが大勢いる。大企業や特定の団体からカンパしてもらうと、そのうち必ず見返りを仄(ほの)めかしてくる。だから、個人の有権者のきれいな寄附しか受け取らないようにしてるんだ」

「すべての政治家が丹波先生のようにクリーンな活動をしてくれると、いいんですがね。ところで、急なお願いなんですが、今日取材をさせていただけると、大変ありがたいのですがね」

「これから、地元の高知に行くことになってるんだ。後援会の集まりに欠席するわけにはいかないな」

「東京に戻られるのは、今夜遅くになるのでしょうか？」

「いや、明日の午前中に帰京する予定になってる。明日の午後にでも、また連絡してくれないか。そのとき、インタビューを受けられる日時を教えよう。数日中にはなんとか時間を作るよ」

「わかりました。それでは、改めて連絡させていただきます。よろしくお願いします」

力丸は通話を切り上げ、尾崎に丹波との遣り取りを伝えた。

「そういうことなら、先に笹森久志を調べましょうよ」

「ああ、そうしよう。笹森は遺伝子検査会社の経営が安定してたころは、港区白金の豪邸に住んでたんじゃなかったか」

「捜査資料には、そう書かれていましたね。会社は渋谷にあったはずです。しかし、倒産してからは所有してた自宅は競売にかけられて、一家は上野毛の賃貸マンションに移ってます。それから二年ほど経っていますから、笹森は恐喝と詐欺商法で荒稼ぎして汚れた金を貯め込んでるでしょう」

「その一部が義兄の丹波議員に渡ってるんだろうな。丹波は妻の弟からヤミ献金を貰ったんで……」

「笹森の犯罪を揉み消した疑いがあるんでしょう。犯罪ジャーナリストの長谷部涼太は事故に見せかけて殺害されました。ということは、ほぼ笹森のダーティー・ビジネスの証拠を握ってたんじゃないでしょうか。それから丹波が義弟からヤミ献金を貰って、笹森の悪事の揉み消しをしたことの裏付けもね」

「おそらく、そうなんだろう。捜査資料によると、笹森は都内にあるマンスリーマンションを数カ月単位で借りてる。いまは千駄ヶ谷一丁目にある『千駄ヶ谷レジデンシャルコート』の六〇一号室を拠点にして、悪事を重ねてるようだ」

「力丸さん、先にマンスリーマンションに行ってみませんか。笹森は半グレやネットカフェ難民たちに強請をやらせたり、インチキな癌予防薬と抗癌剤を売らせてるんじゃないのかな」

「そう考えてもいいだろう。狡く立ち回ってる小悪党は決して自分の手を汚したりしない」

「そうですね。行きましょうか」

尾崎が急かした。

コンビは組対部分室を出て、エレベーターで地下二階の車庫に降りた。先に尾崎がエルグランドの運転席に入った。力丸は助手席に乗り込み、シートベルトをした。

千駄ヶ谷に向かう。『千駄ヶ谷レジデンシャルコート』を探し当てたのは、二十数分後だった。八階建てで、割に新しい。

コンビは車を近くの路上に駐め、アプローチを進んだ。マンスリーマンションの出入口は、オートロック・システムにはなっていなかった。管理人室も見当たらない。

力丸たちはエントランスロビーを斜めに横切って、エレベーターで六階に上がった。

六〇一号室のドアは開け放たれていた。部屋の換気をしているのか。それとも、引っ越しの最中なのだろうか。

力丸は室内を覗き込んだ。

すると、三十歳前後のスーツ姿の男が室内を点検していた。マンスリーマンションの管理会社の社員と思われる。

力丸は相手に呼びかけた。スーツをまとった男が玄関ホールに歩み寄ってくる。

「警視庁の者なんですが、このマンスリーマンションを管理してる会社の方ですか」

「はい、そうです。真下（ました）といいます。何か？」

「六〇一号室を借りてたのは、笹森久志なんでしょう？」

「そうなんですが、一昨日、急に解約されたんですよ。家具付きですし、ここで寝泊まりしてなかったので、荷物を運び出すことはなかったんですがね」

「借り主の笹森は、ちょくちょく六〇一号室に来てたのかな？」

「週に三、四度は来てたようですが、長い時間はいなかったと思います。せいぜい三十分程度しか部屋にはいなかったでしょうね。若い連中に何か指示して、帰っていくことが多かったですよ」

「六〇一号室で何かビジネスでもしてたんですかね」

「七、八人が入れ代わりに六〇一号室に出入りして、ひっきりなしにどこかに電話をかけていました」

「部屋に固定電話は？」

「いいえ、ありません。ニートっぽい連中は、おそらく他人名義のプリペイド式携帯電話を使ってたんだと思います」

　真下が答えた。

「どうしてそこまでわかるのかな？」

「使えなくなったプリペイド式の携帯が何台も裏の植え込みに投げ込まれてたんですよ」

「それで、わかったのか」

「ええ。六〇二号室を借りてる方が六〇一号室から誰かを威嚇(いかく)してる怒声が聞こえてくると苦情を言ってきたんですよ。それで、上司が笹森さんに問い合わせの電話をしてみたんです」

「借り主はどう言ってました？」

　尾崎が真下に訊いた。

「笹森さんはアマチュア劇団を主宰(しゅさい)してるんで、六〇一号室で若手団員たちに芝居の稽古(けいこ)をさせてるとおっしゃったみたいですよ」

「つまり、台詞の練習をしてただけだと言ったんですね？」

「笹森さんは、わたしの上司にそう言ったそうです。それで、劇団員たちに声量を落とせと言っておくと約束してくれたということでした」

「そうですか。しかし、使えなくなったプリペイド式の携帯が裏の植え込みの中に何台も投げ込まれてたんでしょ？」

「ええ、それは間違いありません。わたし自身が七台も見つけて、処分しましたので。犯罪者たちがホームレスやネットカフェで夜を明かしてる連中にプリペイド式携帯電話を大量に買わせて、数万円の謝礼を払ってるようですね？」

「組員たちが他人名義で購入したプリペイド式の携帯を薬物や銃器の密売に使ってるのは確かです。振り込め詐欺にも使われてるな」

「六〇一号室に集まってた連中は、振り込め詐欺かヤミ金の取り立て代行をやってたんではないのかな。おかしな奴が消えてくれたんで、わたしたちの会社は喜んでますけどね」

「笹森久志がこのマンスリーマンションを借りたのは、いつごろなんです？」

力丸は相棒に目で合図して、真下に質問した。

「四カ月前です。笹森さんは、この種のマンスリーマンションやウィークリーマンションの仕組みをよくご存じでした。そういったところを数カ月ごとに移って、危ないことをやってたのかもしれませんね。確証があるわけではないんですが、行動が怪しすぎるでしょう?」

「そうですね。六〇一号室に大量の段ボール箱が搬入されたことは?」

「それはなかったと思います」

「段ボール箱や宅配便の荷物がちょくちょく部屋から運び出されたことは?」

「そういうこともありませんでした、わたしの知る限りでは。あっ、笹森さんは有名ブランドのコピー商品を中国や韓国から仕入れて、ネット販売してたのかもしれませんね。それで、クレームをつけてきた客にニートっぽい奴らが凄んでた。そう考えれば、合点がいくな。刑事さん、わたしの推測は間違ってるでしょうか?」

「そうではない気がするが、そちらの筋読みを否定するだけの根拠もないな。笹森が新たに借りたマンスリーマンションまではわからないでしょ?」

「ええ、そこまではわかりません」

「やっぱりね。協力、ありがとう」

「どういたしまして」

真下がにこやかに応じて、六〇一号室の奥に引っ込んだ。

「笹森は半グレやネットカフェ難民を雇って、強請とインチキな癌予防薬や特効薬を高く売りつけてたんじゃないのかな。怪しげな薬品は別の所にあるんだと思います」

「尾崎、笹森の自宅に回って動きを探ろうじゃないか」

力丸は相棒に言って、大股で歩きだした。

2

人だかりが目についた。

笹森の自宅マンション『上野毛グランドハイツ』の前だ。中高年の男女が十人前後はいた。ひとりは拡声器(ラウドスピーカー)を手にしている。

「マンションの前を抜けて、少し離れた所に車を停めてくれないか」

力丸は、運転席の尾崎に命じた。尾崎が命令に従う。

冷房中だったが、かまわず力丸はパワーウインドーを下げた。車外の物音が耳に届くようになった。

「笹森、逃げ回ってないで表に出てこい！」

ラウドスピーカーから、男の怒声が響いてきた。

「力丸さん、マンションの前に立ってる人たちはＤＮＡ鑑定にまつわる秘密を恐喝材料にされて、多額の口止め料を笹森に払わされたんじゃありませんかね」

「中高年が多いようだから、おそらく怪しげな癌予防薬や抗癌剤を高く売りつけられた被害者なんだろう」

「ああ、そうなんでしょうね。人妻がこっそり不倫相手の子を産んで笹森に強請られたとしても、泣き寝入りするケースが多いでしょうし。わが子のＤＮＡ鑑定を依頼した夫たちも騒ぎたてたりしないんじゃないですか」

「そうだろうな」

「抗議にやってきた人たちに探りを入れてみますか」

「いや、それは避けたほうがいいだろう」

「なぜです？」

「笹森は自宅のどこかから、表の様子をうかがってるにちがいない。拡声器で、がなり立てられてるんだから」

「自分らの姿を見られるのは、まずいですね。しばらく車の中で成り行きを見守りますか」

「そのほうが賢明だな」

力丸は言って、耳に神経を集めた。尾崎も運転席側のパワーウインドーを半分ほど下げた。

「わたしたちが親から癌リスクを受け継いでしまったことが、あんたの会社の遺伝子検査でわかったのはありがたかった」

拡声器を持った五十代の男が少し間を取って、すぐに言い重ねた。

「遺伝子検査会社の経営は赤字つづきで、大変だったんだろう。自分の会社を倒産させたことは残念だっただろうし、辛かったと思う。その点では、われわれ被害者もあんたに同情してるんだ。しかし、親から癌リスクを受け継いだ者たちにまるで薬効のない癌予防剤や偽の特効薬を一錠三万円で売りつけるなんてひどすぎる」

男がまた言葉を切って、ラウドスピーカーを持ち直した。

「癌リスクを受け継いでると言われたんで、せっせと癌予防剤といわれるサプリを毎日一錠ずつ服んだよ。一カ月の薬代はおよそ九十万円だ。もちろん、厚労省で承認された薬ではないんで、保険は適用されない。十カ月も服用してから、インチキな薬剤かもしれないと疑うようになったんだ。ドイツの医大で研究開発された未承認の新薬だという触れ込みだったんで、薬剤関係の研究所に成分を調べてもらったわけだ。その結果、四種のビタミン剤しか入ってないことが判明した。抗癌剤の成分も似たようなものだったと、複数の被害者が口を揃えてるんだよ」

拡声器の声が中断した。別の者がラウドスピーカーを手に取った。四十代後半の女性だった。

「わたしの三つ違いの姉は二カ月前に癌で亡くなりました。わたし、あなたが経営していた遺伝子検査会社の検査で親から癌リスクを受け継いでるとわかったんで、ステージ3の肺癌で入院してた姉にインチキな抗癌剤を強く勧めて半ば強引に服用させたんです。そんなことをしてなければ、姉は別の最新療法で寿命を四、五年は延ばせたかもしれません」

訴えは涙で中断しかけたが、震え声は熄まなかった。

「姉の夫は会社から退職金を前借りして、怪しげな抗癌剤を大量購入したんです。その額は一千万円を超えてました。わたしは姉夫婦ばかりではなく、甥や姪に申し訳ないことをしたと自分を責めています。笹森さん、なぜ被害者に謝罪しないんですっ。あまりに誠意がありません。被害者有志があなたを刑事告訴する準備を進めています。これが最後通告ですからね!」

四十七、八歳の女性は、横に立つ六十代の男性に拡声器を渡した。

「笹森、よく聞け! おれは前立腺癌のステージ4だから、おそらく余命は数年だろう。晩婚だったから、まだ子育ては終わってないんだ。二人の息子は中学生と小学生なんだよ。癌になってしまったことは、別におまえのせいじゃない。しかし、おかしな薬を買わされたんで貯えは底をついてしまった。妻はパートの仕事を三つも掛け持ちして、生活費の大半を工面してくれてるんだ。おまえのせいで、わが家の家計は火の車になってしまった。少しでも反省してるんだったら、被害者たちから騙し取った金の半分でもすぐに返せ！　その気がないんだったら、おれはおまえを殺して自分も死ぬ。ただの威しなんかじゃないぞ。おれは本気だからなっ」

ラウドスピーカーは別の男性に手渡された。力丸は目で被害者たちの数を確認した。男女合わせて八人だった。

「インチキな癌予防薬や抗癌剤を買わされたのは数百人単位なんでしょうね」

尾崎が言った。

「いや、数千人にのぼるのかもしれないぞ。仮に怪しげな薬剤を買わされたのが千人だとして一千万円ずつ払ったとしたら、被害額は百億円になる。原価率は一割そこそこだろうから、九十億円の儲けになるだろう」

「笹森が浮気相手の子を出産した人妻か、その亭主から多額の口止め料をせびってたことはほぼ間違いないでしょう。その分をプラスしたら……」

「百数十億円を荒稼ぎしてたんだろうな。そのうちの何割かを笹森は義兄の丹波将史にヤミ献金として渡して、強請や詐欺商法が表沙汰にならないように根回ししてもらってた疑いがある。丹波と笹森の悪事の証拠固めをしてた犯罪ジャーナリストの長谷部涼太の死が他殺と断定されたからな」

「ええ。それから、丹波たちのどちらかが浦野議員の事件に関与してるとも考えられます。丹波のほうが怪しいですが、笹森もシロとは言えませんよね」

「そうだな」

力丸は相槌を打った。

そのすぐ後、『上野毛グランドハイツ』の向こうから大型バイクが走ってきた。黒いフルフェイスのヘルメットを被った男たちが二人乗りしている。

ホンダの単車がマンションの近くで急停止した。次の瞬間、リアシートに跨がった男が八人の男女めがけて催涙スプレーと思われる噴霧を吹きかけた。八人が目を押さえて、次々にしゃがみ込む。

大型バイクが急発進し、エルグランドの脇を走り抜けていった。ナンバープレートは黒いビニール袋ですっぽりと覆われていた。

「尾崎、大型バイクを追え！　笹森に雇われた二人が拡声器を使ってる八人を追い払う気になったんだろう」

「了解！」

尾崎がエルグランドを走らせはじめた。

ホンダのバイクは、早くも五、六十メートル遠のいていた。尾崎が加速する。バイクのライダーは追跡されていることを覚ったようだ。

すぐに単車を脇道に入れた。エルグランドも横にある住宅街を進んだ。

「逃げてる二人は、千駄ヶ谷のマンスリーマンションに出入りしてた奴らかもしれないな。尾崎、バイクに追突して撥ね上げてもかまわないぞ」

「はい」

尾崎が一気にスピードを上げた。

と、バイクは抜け目なく横の裏道に消えた。エルグランドは単車のようには小回りが利かない。裏通りに入るのに手間取る。

バイクは速度を上げ、ふたたび脇道に入った。さらに目まぐるしく右左折を繰り返した。

そうこうしているうちに、追尾を振り切られてしまった。

「ちくしょう！　力丸さん、すみません。自分にもっと運転テクニックがあれば、バイクに逃げられることはなかったと思うんですが……」

「気にするな。笹森の自宅マンションの前の通りに戻ってくれ」

力丸は指示を与えた。尾崎が言われた通りにした。

『上野毛グランドハイツ』の前には、二台のパトカーが縦列に駐められている。近所の住民が騒ぎを知って、一一〇番通報したのだろう。

制服警官たちが八人の男女から事情を聴取している。あまり近づくと、地域課の巡査が走ってくるだろう。

力丸はエルグランドを『上野毛グランドハイツ』の百数十メートル手前の路肩に寄せさせた。笹森が自宅にいることは、張り込む前に偽電話で確認してあった。

「白黒パトカーが去るまで、この場所にいよう」

力丸は相棒に言った。

「わかりました。拡声器を使った男女から聞き込みをしたいところですけど、接近しないほうがよさそうですね」

「そのほうがいいだろう。笹森は七〇三号室の自宅から、ずっと外の様子をうかがってるはずだからな」

「大事を取りますか」

尾崎が口を閉じた。

有村理事官から力丸に電話がかかってきたのは十数分後だった。

「バックアップ要員の影山君たち三人が権藤にポリグラフをかけてくれたんだが、嘘はついていないようだ。浦野議員と長谷部の死にはタッチしてなさそうだな」

「ええ、そうなんでしょう」

「国有地の不正払い下げに絡む犯罪だけの送致手続きをするよ」

「お願いします」

「それから山梨県警に問い合わせたんだが、やはり神林は午後二時ごろには釈放されるそうだ。後方支援班の片瀬、堂の両君を富士吉田署に行かせて、神林に任意同行を求めさせるよ」

「わかりました」

「そちらに何か動きはあった？」

「ええ、少し」

力丸は、笹森の自宅マンションの前で起こったことを手短に話した。

「インチキな癌予防薬や抗癌剤を高く買わされた被害者たちが笹森の自宅マンションに押しかけて謝罪を求めたんなら、犯罪ジャーナリストの長谷部は詐欺商法の証拠をほぼ押さえてたようだな。丹波議員と笹森が共謀して、浦野議員と長谷部を誰かに始末させたのかもしれないぞ」

「そう疑えますが、心証だけでは……」

「勇み足は避けるべきか」

「ええ。被害者たちが自宅に押しかけてきたので、笹森は雲隠れする気になってるんではないでしょうか」

「ほとぼりが冷めるまで、姿をくらますかもしれないな。笹森に張りついて、動きをチェックしてくれないか。頼んだぞ」

有村理事官が通話を切り上げた。力丸はポリスモードを上着の内ポケットに戻し、通話内容を相棒に教えた。

二台のパトカーが走り去ったのは、およそ四十分後だった。制服警官たちに説得されて、八人の被害者たちも最寄り駅に向かって歩きだした。

「車を『上野毛グランドハイツ』に近づけますね」

尾崎が力丸に断って、エルグランドを穏やかに走らせはじめた。停止したのは、笹森の自宅マンションの三十メートルあまり手前だった。

「笹森はすぐには動きださないだろう。まだ近くに八人の被害者がいるかもしれないからな」

「そうですね」

「こっちはまだ空腹感を覚えてないが、おまえは昼飯抜きになったら、辛いだろう？」

「ええ、いや……」

「確か大通りにコンビニがあったな。三百メートルは離れてないだろう。尾崎、喰い物とペットボトルを買いに行ってもいいぞ。笹森が外出するようだったら、すぐポリスモードを鳴らす」

「それじゃ、ちょっと行ってきます。力丸さんの分も適当に買い込んできます」

「そうしてもらうか。五千円でいいか」

力丸は尻の片側を浮かせ、ヒップポケットから札入れを抓み出そうとした。それを押し留め、相棒が運転席から降りた。そのまま急ぎ足で広い通りに向かった。

力丸は助手席から出て、民家の石塀に凭れてセブンスターを深々と喫った。短くなった煙草を携帯用灰皿に入れ、エルグランドの車内に戻る。

尾崎は十分そこそこで張り込み場所に戻ってきた。コンビニエンスストアの白いビニール袋を両手に提げている。

「ずいぶん買い込んできたな」

力丸は微苦笑した。

「夜の分も買ってきたんですよ。弁当、おにぎり、サンドイッチ、調理パン、飲みものもいろいろ買いました。どれでも、好きなものを選んでください。きのう、ヤキトリ屋で奢ってもらいましたから、ささやかな返礼のつもりです」

「律儀な奴だ。おれは年下の人間に奢られるのが嫌いなんだよ。後で五千円、渡す」

「力丸さんは親分肌だから、若い奴に奢られることに抵抗があるんでしょうが、たまには返礼の真似をさせてくださいよ。妻子持ちで小遣いは少ないですが、借りばかり作るのは男として情けないですから」

「わかった。今回は素直にご馳走になろう」

「そうしてください」

尾崎が嬉しそうに言って、両手で抱えたビニール袋を差し出した。

力丸は調理パン二つと缶コーヒーを選んだ。だが、どれにも手をつけなかった。まだ正午前だった。

コンビは午後一時を過ぎてから、腹ごしらえをした。

尾崎は先に鮭のおにぎりを頰張り、さらに幕内弁当を平らげた。その間に大きいサイズの冷茶のペットボトルを空けた。

調理パンはどちらもうまくなさそうだったが、食べないのは失礼だろう。力丸は無理をして口の中に調理パンを押し込み、コーヒーで胃袋に収めた。

「それだけじゃ、足りないでしょ？　鱈子のおにぎりも食べてください」

「腹が減ったら、いただくよ」

「そうですか」

尾崎はビニール袋の口を結び、後ろのシートに置いた。

二人は辛抱強く笹森が動きだすのを待った。張り込みは自分との闘いだった。長く動きがないと、次第に焦れてくる。それで不用意に車を出て、マーク中の捜査対象者に気づかれることは少なくない。

焦りをじっと抑えて、愚直なまでに待つ。それが鉄則だった。

午後四時を回っても、何も動きは見られない。欠伸が出そうになったとき、力丸のポリスモードに着信音があった。手早く懐からポリスモードを取り出し、ディスプレイを見る。発信者は有村理事官だった。

「特に動きはないようだね？」

「ええ」

「そうか。片瀬、堂の両君が神林を捜査車輛に乗せて、少し前に都内に入ったそうだ。神林は素直に同行に応じたという報告だったよ。スムーズに地検送りにできるだろう。その手続きは影山警部補にやらせる」

「わかりました」

「きみらは、ずっと警察無線をオフにしてあるんだろうな」

「ええ。何かあったんですね？」

「浦野議員の事件（ヤマ）には関連がないんだが、人権派弁護士として知られる風早仁（かざはやひとし）、六十三歳が外出先で何者かに狙撃されたんだよ。事件が発生したのは渋谷署管内だ」

「風早弁護士は数々の冤罪（えんざい）の弁護を引き受け、被告人の無罪を勝ち取りましたよね。死刑廃止論者として知られています」

「そうだね。犯人は逃走したが、凶器は旧ソ連製の狙撃専用銃ドラグノフだったんだ」

「国交副大臣の山内幹雄も築地の料亭前でドラグノフで頭部を撃ち貫かれて死んだんです。凶器が同じだが、単なる偶然なんですかね」

「同一犯による犯行と疑えなくもないんだが、山内は保守派の民自党議員で、風早弁護士はリベラリストだ。思想的には異なるから、例の『救国同盟』に二人が命を狙われるとは考えにくい」

「ええ、そうですね。山内はマスコミで国交省の族議員と書きたてられてたんで、『救国同盟』の標的にされてもおかしくはないでしょう。しかし、リベラリストの風早仁は国家を私物化してる有力者たちを堂々と批判してました」

「そうだったね。人権派弁護士は口にこそ出さなかっただろうが、『救国同盟』にある種のシンパシーを感じてたんじゃないのかな」

「そうなのかもしれませんね。ただ、山内と颪早には何も共通項はないでしょう？」

「わたしも、そう思ってたんだ。だが、共通項はあったんだよ。山内はお寺の子供で、死刑廃止論者だったんだ。幼いころから親に殺生は慎めと教えられたせいで、保守系議員の中では珍しく頑固な死刑廃止論支持者だったんだよ」

「それは知りませんでした。死刑存続派の人間が名うてのスナイパーを雇って、山内幹雄と颪早仁を葬らせたんでしょうか」

「そのように考えるのは現実的ではないが、そう疑いたくなるね」

「二つの狙撃事件との繋がりはないでしょうが、この一年間に仮出所したばかりの殺人を犯した元受刑者が五人も殺害されました。いずれも容疑者の割り出しに至っていません」

「そうだね。殺された五人は深く罪を悔い改めたんで、早くシャバに出られた。それなのに、出所して半年前後で命を奪われてしまった。殺され方はそれぞれ異なってたが、実行犯の手口はプロっぽいな」

「死刑存続派の誰かが元受刑者を次々に始末したんでしょうか。元受刑者で旧ソ連製の狙撃銃で射殺された者はいなかったと思いますが……」

力丸は言った。

「それはいないはずだよ。死刑廃止論者の弁護士や国会議員の狙撃と五人の元受刑者の連続殺人事件は切り離して考えるべきなのか、あるいは、何らかの関連があるのか。力丸君、どう思う？」

「判断材料が多くないんで、どちらとも判断がつきません」

「そうだろうね。何か動きがあったら、報告を上げてほしいんだ。よろしくな」

有村理事官が先に電話を切った。力丸はポリスモードを所定のポケットに戻し、尾崎に通話内容を伝えた。

「いろんな事件が続発してるんで、なんだか頭が混乱してきました。山内は要領よく立ち回ってたんで、もしかしたら『救国同盟』に消されたんではと思ってましたが、そうじゃないんでしょうね。人権派弁護士の風早仁と同じ死刑廃止論者だったということは意外でした。でも、実家が寺だというから、死刑に反対したくなるのは自然の流れなんでしょうね」

「そうなんだろうな。尾崎、風早弁護士を狙撃した人物に見当はつくか？」

「死刑存続派の人間が腕っこきのスナイパーを使ったのかもしれませんが、その黒幕は透けてこないですね」

尾崎が答えた。コンビの二人は唸って、推測の翼を拡(ひろ)げてみた。しかし、どちらも交互に溜息をつくばかりだった。

3

あたりが暗くなりはじめた。

間もなく午後七時になる。笹森は外出しないのだろうか。そうなら、強請屋を装って笹森宅に押しかけるか。

力丸は、頭の中で次の手を考えはじめた。

そんなとき、『上野毛グランドハイツ』から黒塗りのロールスロイス・ファントムが走り出てきた。新車なら、五千万円以上する超高級外車だ。

「あっ、運転してるのは笹森です。同乗者はいませんね」

尾崎が告げた。

力丸は目を凝らした。ハンドルを握っているのは間違いなく笹森だった。捜査資料に添付されていた写真よりも、少しふっくらとしている。悪事で稼いだ金で美食をたらふく喰ったせいだろうか。

「尾崎、たっぷり車間を取って追尾してくれ」

尾崎は超高級外車の尾灯が点のようになってから、エルグランドを走らせはじめた。

「笹森が尻尾を出してくれることを祈ろうじゃないか」

「はい。金を握った中高年の男は、だいたい女遊びに走るようですから、愛人に会いに行くんですかね」

「そうなのかもしれないな」

「だとしたら、ふざけた奴です。恐喝と詐欺商法で得た汚れた金でロールスロイス・ファントムを買って、愛人を囲ってるなんて赦せません」

「ああ、いい気なもんだな」

「自分、笹森を半殺しにしてやりたい気持ちです」

「そう興奮しないで、慎重に尾行してくれ。笹森の車を見失ってしまったら、長い張り込みが無駄になるからな」

力丸は相棒の気持ちを鎮めた。

ロールスロイスは邸宅街を抜けると、第三京浜の下り線に乗り入れた。エルグランドも同じルートをたどる。

超高級外車は保土ケ谷から横浜新道を進み、横浜市泉区の住宅街に入った。建売住宅と思われる家屋が多い。各戸の敷地は五十坪前後だろう。

「笹森は愛人のとこに行くんじゃないみたいですね。大金を持ってる男は、たいてい都心の超高級賃貸マンションに世話してる女を住まわせてますでしょ？」

尾崎が言った。

「横浜の郊外に愛人を住まわせてるとは考えにくいな。おそらく笹森は汚れ役を引き受けてくれた奴らのいるアジトに行くんだろう」

「それ、ビンゴだと思います。手下たちは強請班と詐欺班に分かれて、悪行を重ねてるんでしょう。マンスリーマンションを転々としてアジトをちょくちょく移してれば、足はつきにくいかもしれませんが、面倒ですよね？」

「だな。それで、アジトを特定の場所に据えることにしたのか」

力丸は言って、口を結んだ。

ロールスロイス・ファントムは住宅街を走り抜け、さらに奥に進んだ。民家は疎らになり、空き地や雑木林が目立つようになった。

やがて、笹森の車は社員寮のような建物の敷地に吸い込まれた。

三階建てで、二階の窓は電灯で明るい。建物は築三十年前後経っていそうだ。敷地は広い。四、五百坪はあるのではないか。

尾崎がエルグランドを雑木林の脇に寄せた。ライトが消され、エンジンが切られた。力丸たちは少し様子をうかがってから、静かに車を降りた。爪先に重心を掛けながら、社員寮を連想させる建物に近づく。

門柱の看板は外されていたが、文字の跡がうっすらと残っている。〝横浜人材育成研修センター〟と読めた。

「会社の社員寮ではなく、研修センターだったようですね」

尾崎が足を止め、小声で言った。

「そうみたいだな。笹森は、経営の立ち行かなくなった人材育成研修センターを安く買い取って、犯罪グループのアジトにしたんだろう。強請や詐欺の実行犯たちは、この建物に寝泊まりしてるんじゃないのか」

「ええ、そうなのかもしれません。実行犯たちの食事の世話をしてる通いの女性たちがいるんだろうか。デリヘルの娘たちも呼ばれてそうですね。笹森に雇われてるのは二、三十代の男なんでしょうから」

「性欲を持て余してる?」

「だと思いますよ」

「炊事を引き受けてる女やデリヘル嬢も、この元研修センターには近づいてないだろう。

そんなことをしたら、いつか悪事がバレるからな」

「そうか、そうでしょうね」

「奥に六台のセダン、RV車、ワンボックスカーが駐めてあるが、盗難車に偽造ナンバーを取りつけたんだろう」

「考えられますね。ロールスロイスは建物の出入口近くに駐められていますから、笹森はじきに出てくるでしょう。そしたら、迫ります？」

「いや、その前に建物の中の様子を見てみよう。防犯センサーが張り巡らされてるかどうかチェックしてみるよ」

力丸は屈み込んで、地べたに転がっている石を五つほど拾い集めた。

少し間を取りながら、石を敷地内に次々に投げ入れる。警報は響かなかった。セキュリティーシステムは設置されていないようだ。

力丸たちコンビは姿勢を低くして、元人材育成研修センターの敷地内に忍び込んだ。一階の玄関灯が点いているだけで、ほかは照明は点いていない。

二人は両手に布手袋を嵌めた。

出入口のドアはロックされていなかった。防犯カメラは一台も見当たらない。力丸はほくそ笑んで、先に建物の中に入った。尾崎がつづく。

エントランスホールの奥に階段の昇降口があった。エレベーターはなかった。左手に通路が延びている。

力丸たちは足音を殺しつつ、通路を進んだ。手前の三室には、机と椅子が放置されていた。埃塗れだった。奥の二部屋には、段ボール箱が無造作に積んであった。力丸たちは小型懐中電灯を使って、段ボール箱の中身を検べた。

どの箱にも、ドイツ語が印刷されている。インチキな癌予防薬と抗癌剤なのだろう。段ボール箱の上には、宅配便の発送伝票の束が載っていた。

「マンスリーマンションに保管してた偽薬品をここに集めて、詐欺の被害者に送り届けてるようだな」

力丸は相棒に言った。

「ええ、そうなんでしょう。発送リストが見つかるといいですね」

「どこかにありそうだな」

「探してみましょう」

尾崎が小型懐中電灯を左右に動かしはじめた。力丸は倣った。しかし、発送リストは見つからなかった。

二人はエントランスホールに引き返し、抜き足で階段を上がった。通路を進むと、中ほどの部屋から男の大声が聞こえた。

「明日から仕事をチェンジしてもらう。浮気相手の子供を産んだ人妻たちから口止め料をせしめてた六人には、例の癌予防薬と抗癌剤の発送をやってもらう。いいな?」

「はい」

何人かが声を揃えた。どの声も若々しかった。

「発送を断りたいという申し出があったら、強引に送りつけなくてもいい。売りつけた薬がインチキだと見破った連中がわたしの自宅に八人ほど押しかけてきたんでな」

「笹森さん、危(ヤバ)いんじゃないですか。月に百万から二百万円も稼げるバイトなんてないから、できれば……」

「きみは馬場(ばば)君だったな?」

「はい」

「警察に捕まるかもしれないと不安になったんだろうが、何も心配することはない。わたしの妻の実兄は民自党のベテラン議員なんだ」

「義理のお兄さんは、国会議員の丹波先生でしたよね」

「そうだ。このビジネスで稼いだ金の三十パーセントを義兄にヤミ献金として渡してるから、わたしを含めてきみたち十二人が逮捕されるようなことはないよ」

「本当なんですね？」

「ああ、安心していい。義兄は顔が広く、法務省の偉いさんや警察官僚とも親交があるんだよ。そういう中には、金と女に弱いエリートもいる」

「いまの話を聞いて、安心しました」

「馬場君、びくつくなって。派遣の仕事をつづけてたら、貧乏暮らしから脱けられないぞ」

「ええ、そうでしょうね。まともな生活をしたくなったんで、笹森さんの仕事を手伝う気になったんですよ」

「いったん開き直ったんだから、悪党に徹しろよ。きみは車が好きらしいな」

「ええ」

「じゃんじゃん稼げば、ベントレー・コンチネンタルだって、メルセデスのマイバッハだって買えるようになるさ」

「マイバッハの新車は五千万円以上するんですよ。いくらなんでも、ちょっと無理でしょう？」

「いや、無理じゃないさ。たくさん稼げば、億ションも買える。美女たちもなびいてくるだろう」

「そうですかね」

「紙谷君、きみの選択は正しかったよ。半グレ集団で幹部になって組員たちに一目置かれて喜んでるようじゃ、あまりに幼稚すぎる。きみが集団を抜けて起業家をめざす気になったのは正解だな」

「おれも、そう思ってるんすよ。やくざたちと張り合って意気がってても、仕方ないっすから。高校中退でサラリーマンになっても、一生、うだつが上がらないっすよね」

「だろうな」

「だから、おれ、何かビジネスを興したくなったんすよ。他人に事業資金を借りて起業したら、何かと不自由っすよね？」

「そうだな」

「だから、おれ、どんな手段を使ってでも自分で開業資金を工面しようと思ったんすよ」

「その心掛けがあれば、どんなビジネスも成功するだろう」

「ただ、不倫相手の子供を産んだ人妻を強請るのはちょっときついっすね。その女の旦那からも口止め料をせしめるのは、やりすぎじゃないっすか」

「甘いな、紙谷君は」

「そうっすかね。おれ、ガキのころから悪さばかりしてきたっすけど、浮気相手の子供を産んだ妻と離婚もできない旦那に口止め料を払わせるのは酷っすよ。不倫相手の子を実子として育ててきたのに、妻の背徳の口止め料を払わされるんすから」

「だったら、さっさと浮気妻と離婚すればいいんだ」

「そうしたら、自分の子として愛情をかけて育ててきた息子か娘が不幸になっちゃうでしょう？　それはかわいそうだと思って、離婚しないんじゃないっすか。そんな旦那を何回も強請るのは……」

「紙谷君は意外にセンチメンタルなとこがあるんだな」

「おれ、冷血動物じゃないんでね」

「浮気妻が自由に遣える金はせいぜい五、六百万円だよな、たとえ社長夫人でも。だから、寝盗られ亭主からも口止め料をいただいてるのさ」

「笹森さんは金の亡者みたいっすね」

紙谷の声には皮肉が込められていた。

「わたしだって、自分の会社を倒産させるまでは人並の感情があったよ。しかし、銀行も友人も金のない人間から一斉に遠ざかった。身上を潰した元会社経営者に世間は実に冷たいもんだったよ。だから、どうしてもまとまった金が欲しかったんだ」

「もう裏ビジネスで百億円は稼いでるでしょ？　そんなにがつがつしなくてもいいんじゃ

ないっすか」

「もっと大金持ちになって、わたしを避けた奴らを見返してやりたいんだ」

「そうなのか」

「紙谷君は少し疲れてるみたいだな。当分、例の薬品の発送の仕事をしてくれ」

「わかったっす」

「持ってきたアタッシェケースには、百万円の札が十二束入ってる。一束ずつ取ってくれ。臨時ボーナスだ」

笹森が言った。歓声が重なり、拍手も聞こえた。

「踏み込みますか？」

尾崎が問いかけてきた。

「強請や詐欺の下働きをしてる雑魚どもを制圧してる間に、笹森に逃げられる恐れもあるな。いったん外に出よう」

「自分ら二人が拳銃を抜けば、十二人の実行犯はなんの抵抗もしなくなると思いますがね。笹森だって、おとなしくなるんじゃないですか」

「ああ、逃げられないと観念するかもしれないな。それで、強請と詐欺商法のことは認めるんじゃないか。ただ、浦野や長谷部の死に丹波と自分はまったく関与してないと言い張るだろうな。たとえ一方が誰かに国会議員と犯罪ジャーナリストを始末させてたとしてもさ」

「そうでしょうか」

「外で待ち伏せして、笹森をハードに締め上げよう」

力丸は言って、体の向きを変えた。

コンビは抜き足で二階の踊り場に戻り、一階に降りた。ロールスロイス・ファントムの陰に回り込み、どちらも口を引き結んだ。

夜半から雨が降りだすのか、星も月も夜空に浮かんでいない。湿気を含んだ温気(うんき)が全身にまとわりついてくる。不快だった。

二人はひたすら待った。

建物の中から黒いアタッシェケースを提(さ)げた笹森が出てきたのは、小(こ)一時間後だった。

力丸は中腰で大きく回り込んで、笹森の背後に迫った。ホルスターからシグP230Jを引き抜き、銃口を笹森の腰のあたりに突きつける。

「騒いだら、すぐに撃つぞ」

「押し当ててるのは銃口なのか!?」

笹森の声は上擦(うわず)っていた。

「そうだ。振り向いたら、引き金を絞る。いい車に乗ってるな。ダーティー・ビジネスで百億円以上は稼いだんだろ？」

「な、何者なんだっ」

「おれをブラックジャーナリストと呼ぶ奴もいるな。強請屋とストレートに言う者もいる。おれは、悪事を働いてる人間の上前をはねて暮らしてる」

「わたしは法に触れるようなことなんかしてないぞ」

「白々しいな」

暗がりから尾崎がぬっと現われた。笹森が驚きの声を洩らす。

「おれの仲間だ」

「レスラー崩れらしいな」

「そうじゃないが、相棒は極真空手の有段者なんだ。怒らせたら、必殺の突きであの世行きだぞ」

「あんたらは何か勘違いしてるようだな。わたしは本当に疚しいことなんかしていない」

「いいから歩け！」

力丸は膝頭で、笹森の尾骶骨を蹴り上げた。

笹森が呻いて、膝から崩れそうになった。尾崎が笹森を支え、捥ぎ取ったアタッシェケースをロールスロイスの向こう側に投げ捨てた。

「歩くんだっ」

力丸は、ふたたび命じた。笹森がのろのろと歩きだした。

尾崎がもどかしくなったらしく、笹森の片腕を掴んで引っ張りはじめた。必然的に笹森の歩度は速くなった。

力丸たちは犯罪グループのアジトを出ると、八十メートルあまり先の雑木林の中に笹森を引きずり込んだ。闇は恐怖を招く。笹森が、にわかに落ち着きを失った。

「あんたが二階にいる半グレやニートたち十二人に強請と詐欺をやらせてることはわかってる」

尾崎が笹森の前に立った。

「強請？　詐欺だって!?　なんのことかわからないな」

「痛い思いをしたいらしいな」

「本当に身に覚えがないんだっ」

笹森が声を張った。

次の瞬間、尾崎が笹森の首筋に手刀打ちを見舞った。笹森は体を傾けながら、ゆっくりと頽れた。

「あんたは潰してしまった遺伝子検査会社が集めた個人情報を悪用して、親子のDNA鑑定にまつわる秘密を恐喝材料にして多額の口止め料を脅し取ってた」

「えっ」

「それだけじゃない。あんたは癌リスクを親から受け継いでしまった依頼人たちにインチキな癌予防薬や抗癌剤を途方もない高値で売りつけ、ボロ儲けしてる。おれたちは、あんたの自宅マンションに八人の被害者が押しかけたことも知ってるんだよ」

「なんだって!?」

「汚れた金の約三十パーセントを義兄の丹波将史にヤミ献金として渡し、犯罪の揉み消しもさせたな?」

「そ、それは……」

「それじゃ、答えになってない」

「相棒、まどろっこしいことはやめようや」

力丸は尾崎に言って、シグP230Jの銃口を笹森の後頭部に押し当てた。安全装置を外す。ぎりぎりの威嚇行為だった。

「う、撃たないでくれーっ！　まだ死にたくない。おたくの言った通りだよ」

「やっと観念したか。次の質問だ。犯罪ジャーナリストの長谷部が先夜、六本木エクセレントホテルの一室で絞殺された『新光クラブ』の浦野議員のブレーンだったことは知ってるな。長谷部は、あんたの裏ビジネスの儲けの一部が丹波議員に渡ってる証拠固めをしてたんだろう？」

「………」

「急に日本語を忘れてしまったか。それじゃ、暮らしにくくなるな。いっそ殺してやろう」

「やめてくれ！　長谷部が義兄の周辺を嗅ぎ回ってたことは知ってたよ」

「あんたの義兄は犯罪絡みの金を受け取ってたことを浦野議員に国会で暴かれたくなくて、誰かに長谷部を事故死に見せかけて殺させ、次に『新光クラブ』の議員を葬らせたんじゃないのかっ」

「義兄はそんなことはしてないと思うよ。もちろん、わたしも殺人事件には関わってない。嘘じゃないよ」

「きょう丹波は自分の選挙区に戻って、明日の午前中に東京に戻ることになってるそうじゃないか」

「そんなことまで知ってるのか!?　驚いたな」

「強請と詐欺のことを警察に密告(チク)られたくなかったら、おれたちの弾除(たまよ)けになるんだな。

明日、義兄をどこかに誘き出すつもりだから、行動を共にしてもらうぞ。今夜は解放してやろう。明日はずっと上野毛の自宅マンションに待機してろ。何らかの方法で、あんたを呼び出す」

「一億円でも二億円でもキャッシュで渡すから、もう勘弁してくれないか」

「駄目だ。もう車に乗り込んでもいいよ」

「厄日だ。人生で最悪な日だな」

笹森がぼやきながら、樹間を縫いはじめた。

そのとき、尾崎が提案した。

「笹森を桜田門に連行して、厳しく取り調べたほうがいいんじゃないですか。そうすれば、丹波が二つの殺人事件に関与してるかもしれないと吐くかもしれませんので」

「笹森はそんなタマじゃないよ。奴を囮にして、丹波を追及したほうがいいだろう」

「そうでしょうか」

「笹森は、もう雑木林から出たな。おれたちも東京に戻ろう」

力丸は言った。

数秒後、鈍い衝突音がした。人間が車に撥ねられたようだ。力丸は樹木の間を抜けて、雑木林を出た。ちょうどそのとき、黒いアルファードが目の前を走り抜けていった。無灯火だった。怪しい。

力丸は夜道に視線を向けた。

数十メートル先の路上に人間が横たわっている。身じろぎ一つしない。笹森だろう。

「尾崎(ザキ)、来い！　笹森が無灯火のアルファードに撥ねられたようだ」

力丸は言うなり、全速力で走りだした。

小型懐中電灯の光を路面に当てる。頭と両耳から鮮血を流した笹森は微動だにしない。

もう生きてはいないようだ。

力丸はそう思いながら、笹森の頸動脈に触れた。温(ぬく)もりはあったが、血流は止まっていた。

駆け寄ってきた尾崎が開口一番に言った。

「義兄の丹波が誰かに笹森の口を封じさせたのかもしれませんよ。そうすれば、義弟から汚れた金を受け取った事実を否認できると思ってね」

「それだけの理由では、実の妹の夫を亡き者にしようと考えないだろう。しかし、その疑いはゼロじゃない。計画的な轢(ひ)き逃げ事件の黒幕が丹波だとしたら、浦野と長谷部の事件(ヤマ)に関与してそうだな」

「神奈川県警に通報します？」

「いや、急いで現場から離れよう」

コンビはエルグランドに向かって駆けはじめた。
五、六十メートル進んだころ、背後で車の走行音がした。力丸は反射的に振り向いた。
無灯火のアルファードが猛進してくる。笹森を撥ねた車だろう。

「横に跳べ！」

力丸は尾崎に言って、道端に寄った。

数秒後、アルファードが凄まじい風圧を残してコンビの間を走り抜けていく。力丸はシグＰ230Ｊをホルスターから引き抜き、立位で三発撃った。手首に衝撃が伝わってくる。

放った銃弾の一つが、アルファードの後輪に命中した。もう一弾はリアウインドーを貫いた。

アルファードが傾きながら、コンクリートの電柱に激突した。フロントグリルがひしゃげ、白い蒸気が洩れている。力丸たち二人はアルファードに駆け寄って、運転席から三十四、五歳の丸刈り男を引きずり出した。

「逃げようとしたら、すぐに発砲するぞ」

力丸は相手に言い、銃口をこめかみに押し当てた。尾崎が男の右腕を捩じ上げた。

「誰に頼まれて笹森を車で撥ねて殺したんだ？」

力丸は引き金に人差し指を絡めた。

「依頼人の名は、口が裂けても言わねえよ」

「おれたちを轢こうとしたのは、殺人場面を目撃されたからなのか？」

「そうだよ」

「ひょっとしたら、おれたちの正体を知ってたんじゃないかと思ったんだが……」

「えっ、あんたらは何者なんだ⁉」

「その顔は演技じゃなさそうだな。なんて名なんだ？」

「おれの名を言えば笹森を始末したのを見なかったということにしてくれるのか？」

男が探りを入れてきた。そのとき、相手の懐でスマートフォンの着信音が響いた。

尾崎が先にスマートフォンを摑み出し、スピーカーモードにした。

「白石君、頼んだことをもうやってくれたか」

「……」

「おい、なんで返事をしない？　わたしだ、丹波だよ。まだ妹の連れ合いを片づけてないのか。早く笹森久志を轢き殺してくれ。成功報酬の残金八百万円は現金で払う。明日の午前中に東京に戻る予定になってるから、午後にでも事務所に来てくれ」

「先生、実はちょっとまずいことに……」

「しくじったのか!?」

丹波がうろたえ、すぐに電話を切った。

「殺しの依頼人は笹森の義兄だったのか。なぜ丹波は妹の夫をそっちに殺らせたんだ？ 笹森が恐喝と詐欺で稼いだ金のうち三十億円前後を貰って、義弟の犯罪の揉み消しをしてやったことが発覚するのを恐れたのかな？」

「あんたら、警察関係者なんじゃないのか」

白石が力丸に言った。

「当たりだ。もう観念しろ」

「なんてこった」

「白石、下の名は？」

「大輔だよ。二十代のころ、丹波先生のお抱え運転手をやってたんだ。いまは裏便利屋をやってる」

「ここは神奈川県警の庭先だが、警視庁に連行するぞ」

力丸は拳銃をホルスターに戻し、アルミ製の黒い手錠をサックから引き抜いた。

「力丸さん、神奈川県警が動きだす前に元人材育成研修センターにいる恐喝と詐欺の実行犯を押さえておいたほうがいいでしょ？」

「もちろん、そうする気だったさ。後方支援班の影山警部補に連絡して、ほかのメンバーと一緒にこっちに来てもらってくれ」

「はい」

尾崎が懐からポリスモードを取り出した。

力丸は、白石の両手首に手錠を掛けた。

4

供述調書に目を通す。

白石大輔の自白内容に間違いはない。力丸は、記録席の尾崎に無言でうなずいた。本庁組対部の取調室4だった。

笹森が白石に轢殺された翌日の午前九時半過ぎだ。地元住民の一一〇番通報で、神奈川県警は前夜のうちに笹森の死体を発見して捜査に乗り出した。

事故や事件が発生した場合、まず所轄署が初動捜査に当たる。それが基本ルールだった。

力丸はそれを知りながら、独断で不文律を破った。白石に笹森を葬らせた丹波議員を殺人教唆容疑で立件できると確信を深めていたからだ。

しかし、神奈川県警の領域を侵したことは弁解の余地がない。力丸は当然、後ろめたさを覚えていた。だが、浦野の事件を早く解決したいという気持ちが強かった。

「おれは全面自供したんだ。早く留置場に戻してくれよ」

白石が力丸に言った。

「いいだろう。そっちは、依頼人の丹波から二百万円の着手金を貰っただけだったな？」

「そう。こんなことになるんだったら、二百万を遣い切ってしまえばよかったよ。盗んだアルファードで丹波先生の義理の弟を撥ねて殺したんだから、重い刑が下されるだろうな」

「八、九年の服役は覚悟しろ」

「ああ、最悪だ」

「白石を留置係に引き渡してくれ」

力丸は相棒に指示した。

尾崎がパソコンの前から離れ、スチールのデスクを回り込んだ。腰紐をパイプ椅子から外し、白石に前手錠を打つ。

白石は尾崎に取調室4から引きずり出された。

隣の取調室5では、影山たちバックアップ要員が笹森に雇われた半グレやニートたち十二人を順に取り調べている。

取調室４のドアがノックされた。

「はい、どうぞ！」

「影山です。入ります」

ドアが開けられた。影山が入室する。

「白石は留置場（トリカゴ）に戻してやったんだ。全面自供したんでな」

「丹波議員に頼まれて、笹森久志を殺害したんですね？」

「そうだ。何か異論でもあるのかな」

力丸は訊いた。

「いいえ、そういうことではないんです。丹波は自分の妹の夫を白石に殺（や）らせたなんて、冷血そのものですよね。病的なまでに保身本能が強いんでしょう」

「義弟から汚れた金を三十億円ほど貰ってた事実が露見したら、それまで築き上げたものを何もかも失ってしまうからな」

「そうなんですがね」

「権力や金を欲しがる人間は、例外なく利己的なんだと思うよ。ベテランの保守系国会議員になると、それだけおいしい思いができるんだろう」

「そうなんでしょうね。笹森の奥さんは、実兄が夫を白石に殺させたと知ったら……」

「人間が信じられなくなるだろうな」

「でしょうね。おそらく笹森の妻は、実の兄と絶縁するでしょう」

「それは当然だろうな。それはそうと、笹森に雇われてた十二人は恐喝や詐欺の実行犯であることを認めたのか？」

「初め五人は否認してたんですが、自分ら三人が代わる代わるに厳しく追及したら、十二人とも犯行を認めました」

　影山が報告した。

「そうか、ご苦労さん！　いま取調室5にいる奴はラストの被疑者（マルヒ）だったんだね」

「はい、そうです」

「そいつも留置場に戻して、一息入れてくれないか。すぐに有村理事官に丹波の逮捕状を裁判所に請求してもらうよ」

「わかりました。力丸警部、神奈川県警がそのうち何かクレームをつけてくるんではありませんか。白石が無灯火のアルファードで笹森久志を撥ねて死なせたのは警視庁管内ではなかったんで、いわば協定違反になります」

「警視庁（うち）が先に白石の身柄（ガラ）を押さえる理由がないわけじゃない。丹波には浦野議員の事件に関わってる疑いがあった。さらに白石に義弟の笹森を始末させた事案もある。仕組まれた交通事故があったのは神奈川県内だったが、白石を現行犯逮捕して連行した正当性はあるよ。少しこじつけっぽいかな」

「ええ、ちょっとね」

「影山、心配しなくてもいい。もし神奈川県警から警視庁(カイシャ)に抗議があったら、有村理事官とおれたちコンビが対処するから」

「わかりました」

「お疲れさまだったな。ありがとう!」

力丸は影山を犒(ねぎら)った。

影山が敬礼して、取調室4から出ていった。少し待つと、尾崎が戻ってきた。力丸は影山の報告を尾崎に伝えてから、有村理事官に連絡をした。取り調べの結果を詳しく話す。

「丹波を殺人教唆容疑、白石は殺人容疑でただちに逮捕状を請求しよう。笹森に使われてた十二人は、影山君たちに手続きを取ってもらう」

「お願いします」

「きみと尾崎君は分室で逮捕状が下りるまで待機しててくれないか。分室で、白石の供述調書などを受け取るよ」

有村理事官が早口で言って、通話を切り上げた。

力丸たちコンビは取調室4から、組対部分室に移った。それから間もなく、有村理事官が姿を見せた。有村理事官は必要な調書にざっと目を通し、慌ただしく分室から消えた。

力丸たち二人は思い思いにソファに腰かけ、しばし休息をとった。

丹波と白石の逮捕状が裁判所から発行されたのは午後一時半ごろだった。有村理事官が丹波の逮捕状を力丸に差し出した。

「この時刻なら、もう丹波は東京の自分の事務所に戻ってるだろう。きみらは丹波を連行してくれないか」

「はい」

「白石は影山君に令状を見せてから、再逮捕させる。丹波はまだ白石が身柄を確保されたことは知らないと思うが、それを察してどこかに隠れたかもしれないな」

「そうだったとしても、必ず丹波議員を見つけ出して連行しますよ」

力丸は丹波の逮捕状を受け取り、尾崎を目顔で促した。コンビは有村理事官に見送られて、分室を出た。

地下二階の車庫に降り、エルグランドに乗り込む。尾崎の運転で丹波の事務所に向かった。

目的地に着いたのは、およそ二十分後だった。コンビは応対に現われた女性スタッフに丹波との面会を申し入れた。

「先生は、まだ事務所に来られていません」

「選挙区の四国からは、きょうの午前中に戻られたんでしょ？」

尾崎が確かめる。

「はい、そうです」

「まだ目黒区青葉台のご自宅にいらっしゃるのかな」

「いいえ、そうではありません。あなた方は警視庁の方と名乗られましたが、ご用件をうかがわせてもらえますでしょうか」

「丹波将史に逮捕状が出てるんですよ」

力丸は警察手帳を短く見せ、小声で告げた。

「悪い冗談はやめてください」

「残念ながら、冗談ではありません」

「よ、容疑はなんなんです？」

「殺人教唆ですよ」

「そ、そんな!? 信じられません」

「丹波の居所を教えてくれませんか。ご存じなんでしょう？」

「公設第一秘書の三橋を呼んでまいります」

女性スタッフが語尾とともに、奥に向かった。一分半ほど待つと、五十代前半の男がやってきた。中肉中背だった。

「わたくし、公設第一秘書の三橋です。うちの先生に殺人教唆の嫌疑がかかってるですって!?」

「ええ」

力丸は短く応じた。

「丹波先生は第三者を使って、いったい誰を殺害させたんです?」

「被害者は義弟の笹森久志さんでした」

「な、何かの間違いですよ、絶対に」

「実行犯は白石大輔という男で、被疑者の元お抱え運転手だったみたいですね。あなたも、白石のことは知ってますでしょ?」

「ええ。白石はだいぶ前にドライバーを辞めて、その後は職を転々としてたようです。最近は裏便利屋に成り下がったという噂が耳に入っていましたが……」

「白石は盗難車で笹森さんを撥ねて死なせたんです。こっちは、犯行の一部始終を目撃してる。間違いありませんよ」

「なんだって先生は実の妹さんの夫を……」

「丹波は義弟の笹森から汚れた金を三十億円あまり受け取ってたんですよ。そのことが発覚したら、それこそ身の破滅です。だから、丹波は笹森を白石に始末させたんでしょう」

「ああ、なんてことになってしまったんだ」

「丹波は、笹森の事件がニュースになる前に身を隠したんでしょう。どこにいるんです？」

「世話になった先生を裏切るようなことはできません」

「犯罪者を庇ったら、場合によっては罰せられるんですよ。それでも、かまわないんですか」

「先生は神楽坂の『富久』という和風旅館に羽田空港から真っ直ぐ……」

三橋が聞き取りにくい声で言い、がっくりと肩を落とした。

「ご協力に感謝します」

力丸は三橋に言って、相棒と丹波事務所を後にした。エルグランドは近くの路上に駐めてあった。

力丸たちはコンビは専用覆面パトカーに乗り込み、神楽坂に急いだ。

『富久』を探し当てたのは二十数分後だった。老舗和風旅館は段々坂の途中にあった。車が通れない裏通りに面していた。

コンビはエルグランドを表通りに駐め、裏道を徒歩で進んで『富久』を見つけた。

打ち水をしていた七十年配の女将に力丸は刑事であることを明かし、協力を求めた。女将は少しためらってから、丹波将史のいる部屋を教えてくれた。

力丸たちは二階の奥まった『明水』に近づいた。言うまでもなく、忍び足だった。

力丸はピッキング道具を使って、ドアのロックを解いた。

そっと入室すると、丹波は漆塗りの坐卓に向かって一心不乱に写経をしていた。力丸は空咳をした。

「きみら、無礼じゃないかっ」

丹波が力丸を睨めつけた。

「逃亡されたくなかったんで、無断で部屋に入らせてもらったんですよ」

「逃亡だって!?」

「警視庁の者です。あんたを殺人教唆の容疑で逮捕する」

力丸は逮捕状を押し開き、ベテラン議員に示した。

「わたしが誰かに代理殺人を頼んだと疑ってるのか？」

「あんたは元お抱え運転手の白石大輔に盗んだアルファードで義弟の笹森を撥ねさせて死

なせたなっ」

「妹の連れ合いをわたしが白石に殺害させたなんて、まるでリアリティーがないじゃないか」

丹波が早口で反論した。だが、目には明らかに狼狽(ろうばい)の色がにじんでいる。

「立って着替えをしてください」

尾崎が丹波を力ずくで立ち上がらせた。

「きさま、わたしを誰だと思ってるんだっ」

「ただの政治屋が偉ぶるなっ。おたくが義弟から汚れた金を三十億円ほどヤミ献金として貰ったことも裏付(ウラ)けが取れてるんだよ」

「笹森は何か悪事を働いてたのか？」

「白々しいな。妹の夫が恐喝と詐欺で約百億円を荒稼ぎしてたことを知らなかったって!?」

「ああ、知らなかったよ」

「それでも、国会議員なのかっ。恥を知れ、恥を！」

丹波が言い張った。

「生意気な男だ。わたしは警察庁長官や次長と親しくしてるんだ。きさまを奥多摩(おくたま)あたりの所轄署に飛ばしてやる！」

「やれるものなら、やればいいさ」

尾崎が言いざま、足払いを掛けた。丹波が不様な恰好で畳の上に転がった。

「刑事が乱暴なことをしてもいいのかっ。きさまを絶対に赦さんぞ。おい、名を言え！

警察手帳を見せなさい」

「うるせえおっさんだな」

「いまの言葉を取り消せ！　おい、謝れっ」

「もう着替えなくてもいいや」

尾崎は丹波の上体を荒っぽく引き起こし、手早く後ろ手錠を打った。

「警視総監と警察庁長官をここに呼べ。きさまらに土下座させてやる」

「桜田門に着いたら、二人を呼んでやってもいいよ。あんたに勝ち目はないだろうがね」

力丸は嘲笑し、丹波を強引に立たせた。

第五章　歪んだ正義

1

被疑者が獣のように吼えた。

午後二時過ぎだった。警視庁組対部の取調室1だ。本部庁舎の五階で丹波将史は連行後、殺人教唆を否認しつづけていた。

「突然、大声をあげたのはどうしてなんだ？　死んだ義弟の顔が脳裏を掠めたか」

力丸は、スチールデスクの向こう側に坐った丹波の顔を覗き込んだ。背後の記録席には尾崎が腰かけている。

「笹森は、あくどい男だったんだ」

「どういうことなのかな？」

「義弟は、わたしをうまく利用してたんだよ」

「もっとわかりやすく説明してくれ」

「笹森は遺伝子検査会社を経営してたころの依頼人の個人情報を悪用して、強請と詐欺商法で百億円ほど荒稼ぎしたんだ」

「笹森は依頼人のＤＮＡ鑑定に関わる秘密を恐喝材料にしてたばかりではなく、癌リスクを受け継いだ顧客たちにも薬効のない癌予防薬や抗癌剤を高く売りつけてた。そういうことだな？」

「ああ、そうだよ。身内から犯罪者が出たら、わたしの政治家生命は終わってしまう。だから、不本意ながら……」

「あんたは義弟の犯罪の揉み消しの根回しをして、その見返りにおよそ三十億円のヤミ献金を受け取ったわけだ」

「こちらが見返りを求めたわけじゃない。笹森が世話になったからと言って、六回に分けて現金でわたしの自宅に届けてくれたんだよ。妹が外出してるときにな。もちろん、領収証の類(たぐい)は渡していない。したがって、収賄罪で立件はされないはずだ。しかし、予期しない展開になったんだよ」

「話をつづけてくれ」

「わたしが悪事の揉み消しの根回しをし終えると、笹森はヤミ献金の返却を求めてきたんだよ。三十億円を返さなかったら、わたしを道連れにして自滅してもいいと脅迫してきたんだよ。とんでもない義弟だと呆れたが、実の妹の夫だからな。忌々しかったが、わたしは笹森にとりあえず二十億円だけ返却した。それで、事は済むと思ってたんだが……」

「さらにヤミ献金の返却を迫ってきたんだな？」

「そうなんだ。笹森は最初っから、わたしを利用だけするつもりだったにちがいない。実に汚い男だよ。妹の夫ではあるが、もう赦せないという気持ちになったんだ。以前、お抱え運転手をしてた白石に一千万円の成功報酬を払うから、笹森を永久に眠らせてくれと頼んだんだよ。義弟は生きる価値もない悪魔だ。だから、死ぬことになったのさ。自業自得だよ」

丹波が吐き捨てるように言った。

「やっと殺人教唆を認めたか。しかし、犯した罪はそれだけじゃないんだろうが？」

「な、何を言ってるんだ⁉」

「あんたは義弟の犯罪の揉み消し代として巨額のヤミ献金を貰ったことを『新光クラブ』の浦野正輝に国会で暴かれるのを恐れてたんだろう。それで浦野議員のブレーンのひとりだった犯罪ジャーナリストの長谷部涼太を先に誰かに始末させ、その後、〝暴露屋〟の口も封じさせたんじゃないのかっ」

「待てよ、その二人の事件にわたしはタッチしてないぞ。本当に本当だ。検事総長に義弟の悪事を大目に見てやってほしいと頭を下げたんで、警察が動きだす心配はないと考えてた。浦野議員や犯罪ジャーナリストの長谷部が告発しても、義弟やわたしが有罪になることはないと踏んでたんだよ」

「検事総長を抱き込んだって⁉ もう少し上手な嘘をつけよ」

力丸は口の端を歪めた。

「もうわたしの前途は閉ざされた。この期に及んで嘘をついても仕方ないじゃないか。検事総長はわたしの話を即座に否定すると思うが、こちらには録音音声がある。検事総長との遣り取りはICレコーダーに録ってあるから、それを提供してもいいよ」

「あんたの言った通りなら、この国の司法機関も腐敗してるな。世も末だ。『救国同盟』がアナーキーな凶行を重ねても仕方ないね」

「検事総長まで巻き込みたくなかったが、ほかの二件の殺人教唆まで被るのは御免だ。一件の殺人教唆なら、死刑になることはあるまい。とにかく、わたしは浦野と長谷部の死には関与してないっ。それだけははっきりと言っておく」

丹波が言い募って、腕を組んで目をつぶった。

「力丸さん、どうしましょう!? 一応、バックアップ要員にポリグラフの用意をさせましょうか」

「そうしてくれないか」

「わかりました」

尾崎が椅子から立ち上がり、取調室1から出ていった。

また空振りに終わってしまったのか。もたもたしていると、刑事部長は麻布署に捜査本部を設ける気になるだろう。江角部長の面目を潰すことは避けなければならない。

さすがに力丸は焦躁感を覚えはじめた。自分の判断ミスで、回り道をしてしまったのかもしれない。もう時間を無駄にできない。気持ちを引き締めた。

尾崎が後方支援班の三人を伴って取調室1に戻ってきたのは、およそ八分後だった。堂巡査長がポリグラフを抱えていた。

「おれたちはアジトで待機してる。結果が出たら、教えてくれないか」

力丸は影山警部補に言って、椅子から立ち上がった。

相棒と取調室を出て、分室に戻る。コンビは溜息をついて、ソファに腰を沈めた。

「丹波の供述に偽りがないとしたら、振り出しに戻っちゃうわけだね」

尾崎が力なく呟いた。

「そっちの心証では、丹波はどうだ？」

「クロだと睨んでたんですが、灰色っぽくなってきましたね。でも、義弟の犯罪の揉み消しを検事総長に頼んだという供述は苦し紛れの作り話ではないかな。検事総長は大物も大物でしょ？」

「そうだな」

「相手が民自党のベテラン議員でも、そう簡単には圧力に屈したりしないと思いますよ。検事総長は自分を律して生活してるでしょうから、特に弱点はないでしょう？」

「本人にスキャンダルはないだろうな。ただ、息子や甥っ子の生活に乱れがないとは言いきれない。エリートの子供が横道に逸れるケースは珍しくないからな。検事総長の兄弟、従兄弟、甥の中に無法者がいたとしたら、丹波がそういう人間の弱みをちらつかせた疑いもある」

「ええ。そうだったとしたら、検事総長も丹波の圧力に抗し切れなくなるかもしれませんね」

「ポリグラフに引っかからないようだったら、丹波は浦野と長谷部の事件には絡んでないと判断してもいいだろう。検事総長との遣り取りの音声が本当に保存されてるんなら、本事案では丹波はシロだな」

「ええ、そう判断すべきでしょうね」

「ポリグラフの結果が出たら、丹波を留置してもらって、後方支援班に問題の録音音声を手に入れてもらおう。丹波がシロだとわかったら、おれたちは長谷部がよく寄稿してた総合月刊誌『世相ジャーナル』の編集長に会いに行こう」

「そうしましょうか。捜査資料によると、里見編集長はあまり捜査に協力的じゃなかったようですよ」

「マスコミ関係の仕事をしてる者たちの多くは、国家権力と繋がってる組織や人間に警戒心を持ってる。警察にアレルギーがある者は少なくない」

「それだけなんですかね」

「尾崎、もっとストレートに言ってくれ」

力丸は言った。

「犯罪ジャーナリストの長谷部は浦野議員に頼まれて、丹波の収賄の証拠を押さえようとしていました」

「ああ、そうだな」

「長谷部は取材を重ねるうちに、丹波の義弟の笹森が恐喝と詐欺で百億円あまり儲けたことを知った。だから、自分らは丹波か笹森が浦野、長谷部の死に絡んでるかもしれないと筋を読んだんです」

「尾崎、前置きが長いな」

「すみません。長谷部は浦野の専属ブレーンだったわけじゃありませんから、本業の仕事も並行してやってたはずですよ。奥さんは詳しいことは知らなかったみたいですが、本業の取材で長谷部はアンタッチャブルなテーマに挑んでたのかもしれません」

「マスコミには、タブー視されてる事柄がいろいろある。そうした社会の暗部を抉ったことで、過去に命を落としたジャーナリスト、刑事、検事がいた。尾崎の推測はあながち的外れではなさそうだな」

「長谷部は命懸けで触れてはいけないテーマを追っかけてたんじゃないですか。そのことを明かすことによって、『世相ジャーナル』の里見暁編集長も自分も命を狙われるかもしれないという強迫観念を拭えなかったんで……」

「長谷部が取材してた内容を外部の者には言いたがらなかった。そういうことなんだな？」

「ええ、そうです。力丸さん、考えられませんか？」

「考えられないことじゃないな。長谷部が取材してたことがスクープになりそうなら、里見編集長はフリージャーナリストはもちろん、ライバル誌の編集者には秘密にしておくだろう。捜査関係者に長谷部の取材内容を喋ったら、スクープをフイにすることになる。取材対象者から危害を加えられるという恐れもあったんだろうがな」

「それで、里見編集長は捜査関係者に余計なことは言わなかったんでしょうか」

「多分、そうなんだろう。里見暁に会ってみるか」

「そうしましょう」

尾崎が応じ、ワゴンに近づいた。コーヒーか緑茶を淹れてくれる気になったらしい。

力丸もソファを離れ、自分の机に歩み寄った。椅子に坐ると、なぜか井村香奈のことが頭に浮かんだ。特命に携わっている間はデートを控えてきた。

しかし、力丸はたまらなく香奈に会いたくなった。酔い痴れて、ベッドで戯れたい気持ちが強まった。

捜査は捗っていない。そうした現実から逃避したくなったのだろうか。思い通りにいかないのが人生だ。そう思いつつも、数日を無駄に費やしたことが悔やまれてならない。

力丸は気を取り直して、ソファセットに戻った。コーヒーテーブルには、二つのマグカップが載っていた。

「インスタントですが……」

ソファに坐った尾崎が言った。

「コーヒー、ありがとな」

力丸は、尾崎の真ん前のソファに腰を下ろした。インスタントコーヒーをブラックで啜った。味や香りには満足できなかったが、むろん口には出さなかった。

マグカップが空になって間もなく、有村理事官が組対部分室に入ってきた。ふだんよりも表情が暗い。

コンビは、ほぼ同時に腰を浮かせた。有村が尾崎のかたわらのソファに腰を沈める。力丸たち二人も着座した。

「実はね、取調室1を覗いてきたんだ。ポリグラフ検査では、丹波議員はシロだったよ。浦野と長谷部の死には関わってないんだろう。自供した通り、白石に義弟の笹森を殺らせたことは間違いないだろうがね」

「理事官、後方支援班のメンバーから録音音声のことはお聞きになりました？」

「ああ、影山君から教えてもらったよ。丹波を留置場に戻したら、片瀬、堂の両君を被疑者宅に行かせてくれと影山君に指示しておいた」

「そうですか」

「丹波が小板橋喬検事総長に義弟の犯罪に目をつぶってほしいと頼んだという話は信じがたいが、嘘ではなかったようだな」

「こちらも、そう感じました」

「丹波の供述通りなら、小板橋検事総長の身内の者に致命的な弱点があったんだろう。クリーンなイメージの検事総長の晩年を暗いものにするのは気の毒だが、不正に目をつぶることはできない」

「ええ、そうですね」

「江角部長と相談して、しかるべき対策をとるよ」

「わかりました」

「言いにくいことがあるんだよ。刑事部長が明日、麻布署に捜査本部を設置すると江角部長に伝達してきたらしいんだ。麻布署の要請を断る理由がないんで、刑事部長は決断を迫られたようだな。当然、組対部の江角部長はせめて二、三日の猶予(ゆうよ)を与えてほしいと刑事部長に掛け合ったんだが、リミットを超えてるということで……」

「自分らの力不足です。申し訳ありませんでした」

「今後の主導権は捜一の殺人犯捜査係に移るわけだが、きみたち二人は非公式に捜査を継続してくれないか」

「いいんですか?」

尾崎が力丸よりも先に喋った。

「ちゃんと江角部長の許可はもらってある。今回はスピード解決できなかったが、きみらはこれまでに十件近い難事件を落着させた。自信を失わずに、犯人を特定してくれないか」

「はい」

「現場捜査はルーキー程度の経験しかないんだが、長谷部は本業の取材で知ってはならないことを知ってしまったんじゃないのかな」

「理事官も、そう推測されましたか。実は、少し前に尾崎が同じことを言いだしたんですよ」

力丸は有村に顔を向けた。

「そうだったのか」

「長谷部がよく寄稿してた『世相ジャーナル』の里見編集長は、捜査にあまり協力的じゃなかったようですね」

「そうだったみたいだな」

「尾崎は、長谷部がタブーに挑んで危ない取材をしてたんじゃないかと推測したんですよ。里見編集長はそのことを社外の人間に知られたくなくて、捜査関係者に協力的じゃなかったんではないのか。尾崎は、そう考えたようです」

「なるほど、考えられるね。尾崎君は成長が著しいな」

「理事官、こっちの指導が優れてると一言添えてください」

「言うまでもなく、尾崎君が成長したのはきみのおかげだよ」

「あっ、冗談のつもりだったんですが……」

「きみは、いいリーダーだよ。『世相ジャーナル』の編集長にうまく探りを入れてくれないか」

有村理事官が言った。力丸は大きくうなずいた。

2

文京区音羽二丁目にある文進社の来客用駐車場だ。相棒の尾崎が巧みなハンドル捌きで、エルグランドを空きスペースに入れる。

満車に近い。

助手席の力丸は腕時計に目をやった。午後三時十二分過ぎだった。

コンビは車を降り、大手出版社の表玄関に足を向けた。エントランスロビーは広く、清潔感が漂っている。

受付には二人いた。どちらも女性で、二十代前半に見えた。

力丸は受付カウンターに歩み寄り、警察手帳を呈示した。『世相ジャーナル』の里見暁編集長との面会を求める。

「アポはお取りになっていらっしゃるのでしょうか？」

片方の女性が訊いた。

「いや、アポなしなんですよ」

「それでは、ご用件をうかがわせてもらえますでしょうか」

「『世相ジャーナル』によく寄稿してた犯罪ジャーナリストの長谷部さんが殺害されたんだが、ご存じでしょ？」

「は、はい」

「その事件の再聞き込みなんですよ。ご迷惑でしょうが、ご協力願います」

力丸は頼んだ。女性がクリーム色の内線電話の受話器を取り上げる。

遣り取りは短かった。女性が受話器をフックに戻した。

「お目にかかるそうです。左手の応接コーナーで少しお待ちいただけますか」

「わかりました。ありがとう」

力丸は女性に謝意を表し、受付カウンターから離れた。手前のソファで向かい合っている男たちは、編集者とカバーデザイナーのようだった。

力丸たち二人は最も端のソファセットに並んで腰かけた。窓側に坐ったのは尾崎だった。

二分ほど待つと、エレベーター乗り場から知的な顔立ちの五十二、三歳の男が急ぎ足で近づいてきた。里見だろう。

力丸は立ち上がって、会釈した。尾崎も頭を下げた。

「お待たせしました。里見です」

「警視庁の者です。アポなしで訪ねて申し訳ありません」

力丸は名乗って、警察手帳を見せた。尾崎も姓だけを教え、目礼した。

里見が力丸に自分の名刺を差し出し、来客を先に坐らせた。それから、彼は力丸の正面のソファに腰かけた。

「長谷部さんが歩道橋の階段から転落死されたことは、知ってらっしゃいますよね」

「ええ。中野署は事故と他殺の両面で捜査してたんでしょう？」

力丸は本題に入った。

「そうなんですが、先日、他殺と断定しました。そのことは報じられましたんで、里見さんもご存じだと思います」

「はい、知っています」

「長谷部さんが『新光クラブ』の浦野議員に頼まれて、民自党の丹波議員の収賄の証拠を押さえようとしていたことも？」

「ええ、知っていました。長谷部さん本人から、そのことは聞いていましたんでね。丹波議員の義弟は恐喝と詐欺で百億円ほど手に入れて、その何割かを妻の兄にヤミ献金として渡してた疑いがあるという話も……」

「丹波はその見返りとして、義弟の笹森の犯罪の揉み消しをやってたんですよ。そんなことで、丹波と笹森が浦野議員と長谷部さんの死に関与してるんではないかと疑ったんですが、どうやら二人ともシロのようでした」

「笹森は横浜市内で無灯火の車に撥ねられて死んだんですよね？」

「ええ。笹森の口を封じた犯人には見当がついています。立場上、里見さんに加害者の名を教えるわけにはいきませんが……」

「それは、そうでしょう。てっきり長谷部さんは丹波議員か笹森に消されたと思っていましたが、どちらも事故を装った他殺には関与してないようですね」

「そうなんですよ」

「報道によりますと、ホテルの一室で絞殺された浦野議員の死体の近くに関東誠道会の田代潤という構成員が倒れていたようですが、何者かに注射を打たれて絞殺犯に仕立てられたみたいですね」

「田代を殺人犯に仕立てたのは、関東誠道会の権藤会長かもしれないという疑惑があったんですよ。権藤は財務省の理財局長の女性関係の弱みにつけ込んで国有地を超安値で払い下げてもらって、転売で大きく儲ける気でいたんです。そのことは浦野議員のブレーンの元検察事務官の調べで、ほぼ明らかになりました」

「そうなんですか」

「しかし、元検察事務官は確証を得られなかったんですよ。そんなことで、権藤は長谷部さんを抱き込み、浦野議員の致命的な弱みを押さえさせるつもりになったんでしょう」

「その話は、長谷部さんから聞きました。五千万円を払うからと権藤に言われたが、きっぱりと断ったと……」

里見が言った。

「捜査でそのことがわかったんで、浦野議員と長谷部さんの口を封じたのは権藤と踏んだんですが、筋読みは間違っていました」

「ということは、まだ浦野議員と長谷部さん殺しの被疑者の割り出しはできていないんですね？」

「ええ、お恥ずかしいことですが」

「事件の真相には複雑なからくりがあって、簡単には筋が読めないんじゃありませんか」

「そこで、別の角度から推測してみることにしたんですよ。殺害された長谷部さんは『世相ジャーナル』に年に四、五回、犯罪ノンフィクションを寄稿してましたでしょ？」

「ええ。わたし、彼のジャーナリスト魂を高く評価してたんですよ。ですので、長谷部さんの原稿をよく掲載させてもらいました。原稿料が安いんで、取材費の捻出には苦労してたと思いますよ。経済的に余裕がないので、長谷部さんは浦野議員のブレーンのひとりになったと聞いてましたが、フリージャーナリスト一本で早く生計を立ててほしかったですね。出版部から二冊ほど長編犯罪ノンフィクション作品を書き下ろす予定になってたんですが……」

「残念ですね」

「ええ」

会話が途切れた。ずっと沈黙していた尾崎が口を挟んだ。

「長谷部さんの直近の仕事について教えていただきたいんです」

「うーん」

里見が天井を仰いで、小さく唸った。

「企画が他誌に洩れることを懸念されているんでしたら、どうかご安心ください。捜査で知ったことを外部に流したりはしませんので」

「それを守っていただけるなら、お教えしましょう。長谷部さんはこの一年間に殺人などで服役した元受刑者が五人も連続して殺害された事件の背景をこつこつと取材してたんですよ」

「そうなんですか」

「殺害の手口はそれぞれ異なってますが、被害者には殺人を犯したという共通点がありました。長谷部さんはそのことに引っかかるものを感じて、半年ぐらい前から単独で取材中でした」

「長谷部さんは何か有力な手がかりを掴んだんでしょうか」

「大きな手がかりは得てなかったはずです。長谷部さんは、犯罪被害者の家族の有志が〝交換殺人〟を企てたんではないかと推測していました」

「〝交換殺人〟ですか」

力丸は話に加わった。

「ええ。殺された元受刑者五人のうち、二人は強盗殺人で十年以上服役してました。残りの三人は不同意性交等致死罪で起訴され、無期懲役を科せられました。五人とも死刑になってもおかしくないほどの重い罪を犯したにもかかわらず、模範囚だったということで刑期が短くなって仮出所できたんです」

「そのことに不満を抱いた被害者の身内がいたんだろうか」

「長谷部さんは、いると考えたようです。しかし、被害者の親兄弟が直に報復殺人に走ったら、すぐ警察に捕まってしまいますでしょう？」

「でしょうね」

「犯行動機のない者同士が代理殺人を実行しても、捜査当局に疑われることはないんじゃありませんか」

「初動捜査で怪しまれることはないでしょうね。なにしろ、動機がないわけですから。行きずり殺人もありますが、その場合は被疑者の精神鑑定が必ず行なわれます」

「そうですね。普通は何らかの動機があって、他者を殺めています。〝交換殺人〟の場合は実行犯と被害者に接点がなければ、すぐに捜査対象者から外されると思います。違いますか？」

里見が力丸に問いかけてきた。

「〝交換殺人〟は盲点を衝いた犯罪ですが、そのうち綻びが出てくるものです。たとえば、犯罪被害者の血縁者たちが代理殺人の標的に関する情報をメールで交換しても、その記録を完全に削除することはできません。削除したメールを復元することもできる時代ですので」

「ええ」

「代理殺人の実行犯同士が不用意にどこかで接触したら、いずれバレてしまうでしょう。長谷部さんは五人の元受刑者が一年のうちに相次いで殺害されたのは、〝交換殺人〟の可能性もあると考えたようですが……」

「力丸さんは、その推測にはうなずけないとおっしゃるんですね」

「ええ、まあ。五人の元受刑者を殺した犯人は、確か遺留品も犯行現場に放置したままでは逃走してなかったはずです」

「目撃情報もきわめて少なかったんではなかったかな」

「ええ、そうでしたよ。そうしたことを考えると、素人による〝交換殺人〟の線は薄いでしょう」

「そう考えるべきなのかな」

「五人の元受刑者を殺害したのが単独犯かどうかわかりませんが、犯罪に精通した人間の犯行と思われます」

「誰かが殺し屋を雇ったんでしょうか」

「実行犯が殺人のプロかどうかは不明ですが、少なくとも犯罪捜査のことをよく知ってる人間と考えられます」

「犯罪捜査に精通してるというと、警察関係者なんでしょうかね」

「現職ではなく、警察ＯＢなのかもしれません」

「なぜ、法の番人だった者が私刑めいた殺人行為に走ったんだろうか。それが解せません」

「こちらの推測が正しいとすれば、五人の元受刑者殺害事件の実行犯は、救いようのない犯罪者は死刑にすべきだと考えてるんではないでしょうか」

「あっ、力丸さん」

　尾崎が急に声を発した。

「どうした？」

「旧ソ連製の狙撃銃で射殺された山内国交副大臣と人権派弁護士の風早仁の二人は、死刑廃止論者でしたよ」

「ああ、そうだったな。五人の元受刑者を抹殺した加害者は、死刑廃止論者を敵視してたんだろうか」

「きっとそうにちがいありませんよ。五人の元受刑者を始末した個人か複数の人間は強硬な死刑存続派で、凶悪な犯罪者を庇う者は社会から排除すべきだと思ってるんじゃないのかな」

「そうだったとしたら、五人の元受刑者を殺害した者が山内国交副大臣と風早弁護士の命も奪った可能性もあるな」

「力丸さん、犯罪被害者の身内の誰かが山内と風早の処刑のために死刑存続派の警察ＯＢを雇った可能性はゼロじゃないでしょう？　加害者と被害者に何も繋がりがなければ、まず捜査関係者にマークされることはありませんからね」

「そうだな」

「例の『救国同盟』の手口も鮮やかで、実行犯たちはほとんど大きな手がかりは残してません。まさか五人の元受刑者、山内国交副大臣、風早弁護士の七人を葬ったのは『救国同盟』ではないでしょうね」

「尾崎、よく考えろ。『救国同盟』は国家を私物化した政治家、財界人、官僚、長老など十八人を処刑したが、犯行声明では死刑については言及してない」

「そうでしたね」

「殺人などで服役した元受刑者を次々に殺害した謎の犯人は、『救国同盟』とはなんの関わりもないと思いますよ」

里見が力丸に言った。

「ええ、多分。死刑存続派の人間が何人か結束して、死刑確定者や元受刑者を擁護する者たちに牙を剝いたんでしょうか。複数による犯行だったとしたら、『救国同盟』とは別組織のはずです」

「わたしも、そう思います。もしかしたら、犯罪被害者の血縁者が死刑存続派の処刑チームを動かしてるのかもしれませんよ」

「一般の民間人がそこまでやれるとは思えませんが、ありえないと断言はできないでしょう。何でもありの世の中ですんで、意想外の犯罪が起こるかもしれませんから」

「ええ」

「里見さん、長谷部さんは五人の元受刑者連続殺人のことをどこまで調べ上げてたんです？」

「奥さんに確認したんですが、長谷部さんの遺品の中に肝心の取材ノート、ＩＣレコーダー、デジカメはなかったらしいんですよ」

「それは、こちらも確認済みです。そうした物を長谷部さんがライター仲間や友人に預けてたとは考えられませんか？」

「故人とつき合いのあった同業者、友達、知人ひとりひとりに訊いてみたんですが、長谷部さんから何かを預かった人はひとりもいませんでした」

「そうですか。長谷部さんを手にかけた加害者が取材メモやICレコーダーなんかを持ち去ったのかもしれないな」

「そうなのでしょうか」

「長谷部さんが元受刑者連続殺人事件を独自に取材してたことを浦野議員は知ってたんだろうか」

力丸は呟いた。

「長谷部さんと浦野議員の二人が殺されてしまったんですから、おそらく〝暴露屋〟の先生は……」

「長谷部さんの取材内容を知ってたんだろうな。そうだったとしたら、実行犯は別々でも黒幕は同じと考えてもいいんでしょう」

「ええ、その可能性は高いと思います。申し訳ありませんが、これから編集会議があるんですよ」

里見が言いにくそうに言って、少し腰を浮かせた。

力丸たち二人は礼を述べ、大手出版社の社屋を出た。肩を並べて歩き、エルグランドに乗り込む。

「有村理事官に電話して、殺害された五人の元受刑者の事件調書と個人情報を集めてもらうよ」

力丸は相棒に言い、上着の内ポケットから刑事用携帯電話（ポリスモード）を取り出した。

ちょうどそのとき、ポリスモードが着信音を響かせた。ディスプレイを見る。発信者は有村だった。

「後方支援班が丹波の自宅に保管されてたＩＣレコーダーを見つけてくれた」

「小板橋検事総長と丹波の会話は収録されていました？」

「ああ。堅物だと思ってた検事総長は結婚十年後に独身の女性検察事務官と男女の関係になって、隠し子がいたんだよ。丹波はそのことをちらつかせながら、義弟の強請と詐欺が立件されそうになったら、犯罪を揉み消してくれと半（なか）ば脅迫口調で迫ってたな」

「検察のトップまで出世したエリートに隠し子がいたんですか!?」

「軽蔑（けいべつ）するかね？」

「いいえ。人間臭くて、むしろ検事総長に親しみを感じましたよ。理事官、小板橋検事総長を懲戒免職に追い込むおつもりですか」

「実は迷ってるんだ。検事総長が丹波に脅されて笹森の犯罪揉み消しの根回しをしようとしたのは罪深いことだが、懲戒免職になったら、退職金は貰えなくなる」

「そうですね」

「丹波が法廷で検事総長の隠し子のことを持ち出す前に自主的に退官してもらおうと思ってる。そうすれば、検事総長は退職金を得られるじゃないか」

「ええ。しかし、検事総長は脅迫されたとはいえ、笹森の犯罪の揉み消しをする気だったんですよ。なんらかの償いをさせないと、まずいでしょ？」

「そうだね。世俗を捨て仏門に入ってもらうのは、どうだろう？　あるいは時機を見て、自ら出頭してもらうか」

「検事総長にどちらかを選ばせるおつもりなんですね？」

「そうしようと考えてる。江角部長は、わたしに一任してくれるだろう」

「でしょうね。室長、この一年間に命を奪われた元受刑者の事件調書と個人情報をバックアップ要員たちに急いで集めさせてもらいたいんですよ」

力丸は経過をつぶさに喋った。

「五人の元受刑者、山内国交副大臣、風早弁護士を葬ったのは、きみが言ったように死刑存続派の警察関係者が率いている人殺し集団と考えてもよさそうだな。死刑の是非は微妙な問題だが、自分の親兄弟、妻子、恋人が理不尽な事件に巻き込まれて命を落としたら、犯人を絞首刑にしてもらいたいと願う者が多いんじゃないのか」

「ええ、その気持ちはわかりますよね」

「だとしても、司法関係者が私刑組織めいたグループを動かすことを容認するわけにはいかないな」

「そうですね」

「浦野議員は長谷部が元受刑者連続殺人事件の背景を調べてたことを知ってたんだろうか」

「これから浦野事務所に行って、スタッフにそのあたりのことをそれとなく訊いてみますよ。それから、いったん分室に戻ります」

「それまでに始末された五人の元受刑者の事件調書と個人情報を影山君たち三人に集めさせておく」

有村理事官が通話を切り上げた。

力丸は尾崎に電話の内容をかいつまんで話し、エルグランドを浦野事務所に向かわせた。

目的地に到着したのは数十分後だ。スタッフたちは残務整理が終わったら、主のいなくなった職場を閉じるのだろう。応対に現われた立花由華はブラウスの両袖を捲り上げていた。きょうも、美しく輝いている。力丸は由華を抱き寄せたい衝動に駆られた。それほど魅惑的だった。

「お取り込み中に押しかけてきて、すみませんね」

力丸は恐縮してみせた。

「気になさらないでください。伯父の事務所は犯人が逮捕されてから引き払うことになってるので、そう慌(あわ)てなくてもいいんですよ。ですけど、少しずつ荷造りをしておきませんとね」

「何か手伝えることがあったら、遠慮なく言ってください」

「ありがとうございます。お気持ちだけで充分です。それよりも、捜査に大きな進展があったのでしょうか？」

「いいえ、その逆なんですよ。疑わしい人物は何人もいたんですが、みんな心証はシロでした」

「そうなんですか」

「一つ確認しておきたいんですが、浦野議員は長谷部さんがこの一年に始末された五人の元受刑者のことを独自に取材してたことをご存じだったんですかね」

「さあ、どうなんでしょう。伯父は室井さんや長谷部さんに調べさせてる内容については、わたしを含めた公設秘書たちに話さないことが多かったんですよ。国会で告発する前に誰かの口から部外に伝わることを恐れてたんだと思います」

由華が申し訳なさそうに言った。

「味方の中に敵がいるかもしれないからな」

「この事務所に裏切り者なんかいませんよっ」

「別に当て擦(こす)ったわけじゃないんですよ。気を悪くしたんでしたら、謝ります」

「全スタッフが力を合わせて伯父を支えてたんです。それなのに、事務所の中にスパイがいるようなことを言われたんで、ちょっと……」

「一般論を口にしたんだが、デリカシーを欠いてました。ごめんなさい」

力丸は頭を垂れ、ドアを静かに閉めた。由華に嫌われるようなことをつい口走ってしまった。自ら彼女に言い寄るチャンスを逸したことが悔やまれる。

それにしても、なぜ由華は怒りを露(あらわ)にしたのだろうか。そのことが力丸は妙に気になった。

3

組対部分室に戻ったのは十七、八分後だった。

後方支援班の影山が廊下で待ち受けていた。ファイルを小脇に抱えている。

「お帰りなさい。殺人などで服役した元受刑者五人の事件調書と個人情報を揃えました」

「ずっと廊下で待ってたのか。分室の中に入ってればよかったのに。ふだんはドアをロックしてないんだ」

力丸は言った。

「わたしたち三人はバックアップ要員ですので……」

「そういう遠慮は無用だよ」

「ありがとうございます。仲間と思ってくれているんですね」

影山が頰を緩めた。力丸は先に分室に入り、影山をソファセットに導いた。

コンビは影山を坐らせてから、向かい合う位置に並んでソファに腰かけた。影山が五つのファイルをコーヒーテーブルの上に並べた。

「ざっと目を通したんだろう？」

力丸は影山に問いかけた。

「はい。五人の元受刑者は共通して身勝手な性格で、短気でした。その上、狡猾で服役中に反省してる様子をずっと装ってたようですね」

「それだから、刑期が短縮されて仮出所できたんだろう」

「ええ。五人とも、凶悪な面構えではありません。どこにでもいるような平凡な外見だったんですが、胸のどこかに悪魔が棲んでたんでしょうね」

「どんな人間も正と邪、善と悪を併せ持ってる。まともな市民も魔が差せば、とんでもない悪事に走ってしまう。法の番人と呼ばれてるおれたちだって、例外じゃない」

「ええ、そうですね。現に毎年、二十人以上の警察官が法を破って懲戒免職になっています」

「ああ、そうだな。事件調書を読めばわかることなんだが、強盗殺人や不同意性交殺人の被害者の身内は加害者の量刑を軽すぎると思ってたんじゃないのか」

「そういう気配はうかがえました。報復殺人をしたいと考えた遺族はいたでしょうが、犯人は拘置所と刑務所に収容されてたんで、復讐は果たせません」

「そうだね。しかし、最愛の家族や恋人を惨殺された恨みは十年や二十年で消えるはずがない。被害者の血縁者が仮出所した加害者の身辺をうろついてたなんてことは？」

「それはありませんでした。堅気が凶悪な殺人犯にたった独りで仕返しするなんてことはできないと思います」

「通念や常識を尺度にすれば、そう考えるだろうな。しかし、かけがえのない人間を理不尽に殺された身内の憎しみは強いはずだよ」

尾崎が影山に言った。

「ああ、それはそうでしょうね」

「被害者（マルガイ）の遺族が連絡を取り合って、〝交換殺人〟を企てたとは考えられないか？」

「関係調書を読んだ限りでは、被害者の身内同士がコンタクトを取ったとは思えません」

「そう。なら、〝交換殺人〟の線はなさそうだな。ただ、被害者の身内が殺し屋を雇った可能性はあるんじゃないか」

「そうですね」

　影山が口を結んだ。力丸は相棒を手で制し、先に言葉を発した。

「影山、山内国交副大臣と風早弁護士が旧ソ連製の狙撃銃で撃ち殺されたことは知ってるよな。まだ記憶に新しい事件だからさ」

「ええ。国交副大臣と人権派弁護士を狙撃したのは、特殊な訓練を受けた者なのではないですかね。元自衛官や傭兵（ようへい）崩れなのかもしれません。旧ソ連の狙撃銃が犯行に使われてますから」

「使用凶器は小細工臭いな。狙撃手はＳＩＴ（シット）かＳＡＴ（サット）の現役かＯＢなのかもしれないぞ」

「まさか!?」

　影山が驚きの声を洩らした。

　捜査一課に所属しているＳＩＴは十係に分けられ、特殊犯捜査が担当だ。ＳＡＴは強行突入はむろん、銃撃戦、犯人の射殺も厭（いと）わない。

SITは最初から火力による犯人制圧をすることは避けているが、いざとなったら銃器も使う。現在、SATの隊員は約三百人だ。警視庁、北海道警、千葉県警、神奈川県警、愛知県警、大阪府警、福岡県警、沖縄県警に設置されている。

「身内を疑うのは辛いことだが、自衛隊の特殊部隊の関係者は凶悪犯罪の捜査のことまで熟知してないだろう。そんな理由で、現役の警察関係者かOBが五人の元受刑者、国交副大臣、人権派弁護士の殺害に関わってるんじゃないかと筋を読んだわけさ」

「死刑制度の存続を強く望んでる警察官は少なくないと思います。法務大臣が死刑執行にためらうことを非難するキャリアもいます。法務省の高官たちにも、死刑存続派はいるようですよ」

「だろうな」

「そうだとしても、SITかSATに関わりのある者が蛮行(ばんこう)に及んだとは思いたくありませんね。力丸さん、世直しを標榜(ひょうぼう)している例の『救国同盟』が五人の元受刑者を抹殺したとは考えられませんか?」

「影山、冷静になれよ。謎のテロ集団は死刑存続派であることを表明してるわけじゃないんだ。山内は族議員だったんだろうが、大物の政治家だったとは言えないよな。人権派弁護士の風早仁は国家を私物化している政治家、財界人、官僚の存在を苦々しく思ってたにちがいない」

「ええ、そうでしょうね」

「風早は『救国同盟』と敵対関係にあったわけじゃない。それどころか、正体不明のテロ集団にある部分では共鳴すらしてたんじゃないだろうか」

「そうなのかもしれませんね」

「五人の元受刑者、山内、風早の殺害には、『救国同盟』は関与してないだろう」

「そうなんでしょうか。ただ、十八人の有力者たちを爆殺したという犯行声明を出した謎のテロ集団も捜査の網に引っかかってません」

「『救国同盟』のメンバーの中に、警察関係者がいるんだと思うよ。足のつくようなヘマはやってないからな」

「そう疑ったほうがいいんでしょうか」

「おれたちは、これから事件調書を読み込む。後方支援の三人は、凶悪犯罪者に命を奪われた被害者の身内に警察関係者がいるかどうか調べてくれないか」

力丸は頼んだ。

影山が快諾(かいだく)し、すぐに立ち上がった。力丸たち二人はそれぞれファイルを手に取って、事件調書を読みはじめた。

資産家宅に深夜に押し入って、主を大型バールで撲殺した敦賀圭祐は現金八百七十二万円を奪った。犯行時は三十三歳だった。

ギャンブルで消費者金融数社から五百万円を超える借金を抱え、追いつめられた敦賀は渋谷署管内で犯行に及んだ。しかし、三日後に逃亡先で逮捕され、無期懲役の判決が下された。

敦賀は十年以上服役して、仮出所になった。

担当保護司の紹介で、町工場で働くようになった。だが、わずか二カ月後に帰宅途中で何者かに扼殺されてしまった。蒲田署に設けられた捜査本部はいまも容疑者の特定に至っていない。

力丸は敦賀の顔写真をしばし眺めてから、次のファイルを開いた。

公門聖人は不同意性交等致死罪で、やはり無期懲役の判決を受けた。犯行は杉並署管内で発生した。二十六歳だった公門はアパート住まいの女子大生の部屋に侵入し、刃物で威して部屋の主を二度ほど犯した。

被害者は隙を見て逃げようとした。公門は焦って女子大生をメッタ刺しにし、逃亡を図った。性犯罪歴があったことで、遺留品から公門の犯行が発覚した。

十年以上服役し、公門は親類が経営する精肉店に勤めるようになった。それから一年後、バイクで帰宅中に当て逃げをされて府中署管内で事故死した。

加害車輌は事件現場で発見されたが、都内で盗まれたワゴン車だった。車内には、加害者のものと思われる指掌紋は付着していなかった。

三番目に読んだ事件も、不同意性交殺人だった。

犯人の本多昇は部活帰りの女子中学生を雑木林に連れ込んでレイプした後、被害者を絞殺した。その翌日の午後、犯人は所轄の八王子署に捕まった。本多は犯行現場に自分の名刺入れを落としたことに気づかなかったのだ。

不動産会社で営業マンをしていた加害者は三十九歳で、二児の父親だった。無期懲役刑を受けた本多は心を入れ替えた振りをして、十年で仮出所した。

だが求職活動中に芝浦の運河に突き落とされ、溺死した。本多はまったく泳げなかった。

加害者はまだ検挙されていない。

大越雄太は赤羽署管内で十年二カ月前に強盗殺人事件を起こした。犯行時、三十六歳のトラック運転手だった。交際相手のスナック従業員の独立資金を工面したくて閉店後の文房具店に押し入り、店主の老女の喉をカッターナイフで掻き切って、売上金二万数千円を強奪したのである。

大越は数日間、交際相手のアパートに匿われていたが、所轄署員に見つかってしまった。仮出所したのは十年以上後だった。大越は保護司宅を訪れた帰りに加害者に生ゴムシートで口許を塞(ふさ)がれ、そのまま窒息死した。

力丸は事件調書の文字を目で追っている間、幾度も溜息をついた。被害者たちの不運に同情したからだ。

最後の事件も不同意性交殺人事件だ。

事件は大崎(おおさき)署管内で起きた。被害者は若妻で、一歳の乳児を抱えていた。犯人の堀弘樹(ほりひろき)は消防署員に成りすまして、被害者宅に入り込んだ。

そして被害者の顔面を十数回殴打してから、体を穢(けが)した。その後、被害者のパンティーストッキングで絞め殺した。その間、乳児はずっと泣き叫んでいた。

堀はどういう神経をしているのか。力丸は調書をじっくりと読んだ。二十七歳で犯行に及んだ堀の両親は二歳のときに離婚した。それ以来、父方の祖母に育てられた。

その祖母は、堀が小学生になって間もなく病死してしまった。児童福祉施設に引き取られたが、友達もできなかった。堀は高校を卒業するまで施設で暮らし、その後はほぼ一年ごとに職を変えてきた。

極端に人づき合いが下手で、孤独に生きてきたようだ。そのため、偏屈(へんくつ)な人間になってしまったのか。堀は逃げる前に逮捕された。隣室の主婦が被害者宅の異変を感じ取り、警察に通報したのだ。

　堀は仮出所して三カ月後、何者かに首に毒針を突き立てられて絶命した。針には猛毒のクラーレが塗ってあった。犯人は毒針を抜かずに逃げた。だが、毒針に指紋は付着していなかった。事件はいまも未解決だ。

「気が滅入(めい)るような事件(ヤマ)ばかりですね」

　尾崎が事件調書に目を向けながら、小声で言った。

「五人の元受刑者は、人命の重さなんかわかってなかったんだろうな」

「でしょうね」

「どいつも残忍だが、三件は不同意性交殺人だ。強盗殺人の犯人も二人、仮出所後に命を奪われてるんだが、なんとなく多いほうの事案に引っかかるな。尾崎はどうだ？」

「自分も同じです。五人の元受刑者、国交副大臣、人権派弁護士を葬った実行犯の身内が暴行されて殺されたんではありませんかね。だから、元受刑者だけではなく、死刑廃止論者の山内幹雄と風早仁も葬ったんじゃないだろうか」

「そうなのかもしれないな。ＳＩＴ、ＳＡＴの現役かＯＢに妻、妹、婚約者に不同意性交殺人の被害者がいるかどうか調べてみるか」

「該当者がいたら、五人の元受刑者の事件に絡んでる疑いが濃いですね」

「尾崎、その前に強盗殺人及び不同意性交殺人の被害者の身内に鎌をかけてみようや」

　力丸は提案した。

「プリペイド式の携帯を使って、代理殺人を依頼したことがあるだろうと鎌をかけるんですね？」

「そうだ。おれは不同意性交殺人事件の被害者の縁者にブラックジャーナリストを装って、これから電話をしてみる。尾崎は、強盗殺人事案の被害者の身内に探りを入れてくれないか」

「わかりました。予備のプリペイド式の携帯が二台、自分の机の引き出しに入ってますので取ってきます」

　尾崎がソファから立ち上がり、蟹股で自席に近づいた。力丸は不同意性交殺人事件の三つのファイルを一つにまとめた。

　待つほどもなく、尾崎が戻ってきた。プリペイド式の携帯電話を一台しか手にしていない。

「二台あったんじゃなかったのか？」

「引き出しの中に二台あったんですが、少し離れた場所から探りの電話をかけたほうがいいでしょう？」

「そうだな」

「自分、デスクから電話します。この携帯を使ってください」

「わかった」

力丸は、差し出されたプリペイド式の携帯電話を受け取った。

尾崎が体を反転させ、自席に向かった。力丸は、不同意性交等致死罪で服役した公門聖人のファイルを開いた。事件調書には被害者の個人情報も添付されている。

力丸はプリペイド式の携帯電話を使って、暴行殺人の被害者の実家をコールした。受話器を取ったのは、殺された女子大生の母親だった。

「わたし、フリージャーナリストの中村という者です」

力丸は平凡な姓を騙った。すぐに言い継ぐ。

「娘さんがひどい目に遭われてから、もう十年になりますかね」

「ええ、そうですね」

「犯人の公門聖人は仮出所して一年後、バイクに乗ってて当て逃げで死んでしまった。天罰が下ったんでしょう」

「そう思いたいですね」

「ところで、妙な噂を耳にしたんですよ。お母さんがどうしても公門に仕返ししたくて、犯罪のプロに始末させたんじゃないのかって話をね」

「公門のことは殺してやりたいと思っていましたけど、夫やわたしはもちろん、故人の兄たちも誰かに代理殺人なんか頼んでませんっ」

相手が気色ばんだ。

「お母さん、噂を裏付けるような状況証拠は押さえてるんですよ。公門は救いようのない極悪人だったんでしょう。遺族が娘さんの復讐をしたくなる気持ちは理解できます。警察に余計なことは喋りませんから、少しカンパしてもらえませんかね」

「カンパって、どういうことなんです？」

「原稿の依頼がめっきり減って、生活が苦しいんですよ。五十万、いや、三十万円ぐらいカンパしてほしいな」

「あなた、ブラックジャーナリストなのねっ」

「おれのことをそう呼ぶ奴もいるな。お母さん、二十万でもいいですよ」

力丸はさらに探りを入れるつもりだったが、電話を切られてしまった。疚しいことはしていないという心証を得た。今度は本多に暴行されて殺害された女子中学生の親許に電話をしてみる。

電話口に出たのは、被害者の祖父だった。力丸は、さきほどと同じように鎌をかけてみた。相手は話がよく呑み込めない様子だった。誰かに報復殺人を依頼してはいないようだ。

力丸は、堀弘樹に犯されて殺された若妻の夫に電話をかけた。スリーコールで、電話は通話可能状態になった。

力丸は同じ要領で、探りを入れてみた。だが、相手は少しもうろたえなかった。被害者の夫が第三者に堀を始末させた疑いはなさそうだ。

力丸は早々に通話終了アイコンをタップした。その直後、尾崎が言葉を発した。

「強盗殺人事件の二人の被害者の身内に鎌をかけてみたんですが、どっちも第三者に報復殺人を頼んだ様子はなかったですね。そちらはどうでした?」

「こっちも同じだったよ。五人の元受刑者の死に被害者の身内は関与してないと考えてもいいだろう。他人の命を奪った犯人は絞首台に立たせるべきだと考えてる死刑存続派の連中が公門たち五人を闇処刑して、死刑廃止を訴えてた山内と風早の二人も抹殺したようだな」

「そうなんでしょうね」

「影山たちが何か手がかりを摑んでくれるといいがな」

力丸は言って、三つのファイルを重ねた。

ちょうどそのとき、分室に有村理事官が入ってきた。

「力丸君、国交副大臣と人権派弁護士を殺害したと『騎士団』と称するグループが警察庁長官にフリーメールを送りつけてきた」

「連続して殺られた五人の元受刑者については、何も触れられてなかったんですか？」

力丸は言いながら、ソファから立ち上がった。相棒の尾崎は、すでに椅子から腰を浮かせていた。

「敦賀、公門、本多、大越、堀の五人も刑が軽すぎるんで、闇処刑したと書いてあったそうだ」

「そうですか。『騎士団』は死刑存続派の警察関係者が操ってる疑いがありますね。捜査網を実行犯が巧みに潜り抜けてる印象がありますでしょ？」

「そうだね。影山君たちに、警察関係者の身内に凶悪犯罪の被害者がいるかどうかチェックさせよう」

「それは、もう頼んであります」

「手回しがいいね」

有村が言い、ソファに坐った。力丸は目顔で尾崎を呼び寄せ、理事官と向かい合った。

4

有村理事官が分室を去って数分後だった。

後方支援班の影山がやってきた。幾分、得意顔だった。何か手がかりを掴んだのだろう。

「いい報告みたいだな。ま、坐ってくれ」

力丸は、影山を正面のソファに腰かけさせた。

「交通部交通捜査課の川島航巡査部長の従兄が六年前、半グレに路上で因縁をつけられ、一方的に殴られたり蹴られたりして搬送された救急病院で翌々日に息を引き取ったんですよ」

影山が力丸に報告した。

「そう。事件現場はどこだったんだ?」

「池袋駅の近くです。複数の目撃者がいたんで、加害者の半グレは傷害致死で逮捕されてます。しかし、四年弱で加害者の須永翔は仮出所になりました」

「刑期が短いな」

「ええ、そうですね。須永の祖父はすでに他界しているのですが、元東京高裁の判事だったらしいんです。おそらく、その元判事が孫の刑が軽くなるよう裏で動いたのでしょう」

「そうにちがいない」

「川島巡査部長は、須永の刑が軽すぎることを憤ってました。従兄の親族は当然、控訴したという話でした。しかし、棄却されてしまったそうなんです」

「加害者の祖父が水面下で、関係筋に働きかけたことは間違いないだろう」

「自分もそう思います。これからが本題なんですが、五カ月ほど前に復讐請負人と称する男が川島巡査部長に電話をしてきて、『従兄を死なせた加害者の須永翔を三百万円の成功報酬で始末してやる』と言ってきたらしいんですよ。川島巡査部長は即座に断ったそうですがね」

「当然だろうな」

「復讐請負人と称した奴は、どんな理由があったにしても人を殺めたら、死刑にすべきだと繰り返し言ったらしいんですよ。それから、犯人のことをタマと言ったそうです。一般的にはホシのほうがポピュラーでしょ？」

「そうだな。警察関係者は犯人をタマと呼んだりするが……」

「ええ、そうですね。それで、自分は警察関係者が復讐請負人と称して、殺人者を密かに葬ってるんではないかと思ったのです。穿ちすぎでしょうか？」

「いや、考えられなくはないな。有村理事官の情報によると、『騎士団』と称する正体不明の組織が警察庁長官に山内国交副大臣と風早弁護士を射殺したという犯行声明を送りつけたらしいんだ」

「力丸警部は、その連中が五人の元受刑者を抹殺したのではないかと思われたんでしょう？」

「そう。旧ソ連製の狙撃銃を扱えるのは陸自のレンジャー隊員とか空挺団員、SIT隊員、SAT隊員、傭兵崩れぐらいだろう」

「そうでしょうね」

「川島巡査部長に報復殺人の代行を持ちかけた自称復讐請負人は犯人のことをホシではなく、タマと言ったという話だったな」

「はい。自衛官や傭兵崩れは、そうした警察の隠語までは知らないんではありませんか？」

「そこまで知ってる者は確かに少ないだろう。『騎士団』は、死刑存続派の警察関係者で構成されてるんじゃないだろうか」

「そうだとしたら、法治国家の恥ですよね。死刑廃止を訴えてた国交副大臣や人権派弁護士を密かに抹殺するなんて、もはや法や倫理を無視してることになりますんで。アナーキーすぎますよ」

「その通りだな。歪んだ正義を振り翳しても共感する人間はいないだろう」

「ええ。成功報酬と引き換えに報復殺人の代行を請け負うなんて、土台、考えが間違ってますよ」

「そうだな」

「力丸さん、ちょっといいですか」

尾崎が発言を求めた。

「何か言いたいんだな」

「はい。交通捜査課の川島に従兄の報復殺人の代行を持ちかけた復讐請負人が『騎士団』のメンバーと仮定しましょうか。そいつらは人殺しを闇処刑して、死刑廃止論者を懲らしめようとしてるんでしょうが、川島巡査部長に三百万円の成功報酬を要求したようです。警察関係者たちが『騎士団』を結成したんなら、なぜ金を集めようとするんでしょうか」

「軍資金が必要だったからだろうな。シャバに舞い戻った元受刑者や死刑廃止支持者を密かに抹殺するにも、それなりの金が必要じゃないか。『騎士団』の活動を熱く支援してくれる者たちは多くないだろうから、カンパ金もたくさんは集まらないはずだよ」

「でしょうね。だから、報復殺人の代行と引き換えに三、四百万円の成功報酬を依頼人から貰ってるわけですか」

「そうなんだろうな。ひょっとしたら、『騎士団』と……」

力丸は言いさして、口を閉じた。『騎士団』と『救国同盟』はどこかで繋がっているのかもしれない。一瞬、そんな思いが脳裏を過った。

だが、その根拠があるわけではなかった。軽率な発言は控えるべきだろう。

「力丸さん、言いかけたことを喋ってくださいよ」

「いや、まだ臆測の域を出てないんだ。だから、いまは自分の胸に仕舞っておくよ」

「なんか気になるな」

尾崎はそう言いながらも、深くは詮索しなかった。

「言い忘れましたが、自称復讐請負人は公衆電話から発信したそうです」

影山が補足した。力丸はすぐに問いかけた。

「そいつはボイス・チェンジャーを使ってたんだろうか」

「いいえ、口の中にハンカチか何かを含んでるようだったそうですよ。もっと詳しいことをお知りになりたいんでしたら、また川島巡査部長に接触してみます」

「いや、もう接触しないでくれ。本庁の中に『騎士団』の内通者がいないとも限らないからな」

「わかりました。もう川島巡査部長には近づかないようにします」

「ああ、大事を取ろうじゃないか。役に立ちそうな情報をありがとう」

「次の指示を待つことにします」

影山が一礼し、分室から出ていった。

「ちょっと一息入れるか」

力丸は立ち上がって、自分の机に歩み寄った。椅子に腰かけると、懐中で私物のスマートフォンが震えはじめた。手早くスマートフォンを摑み出す。

発信者は、二年前に別れた瀬沼美咲だった。フリーのグラフィックデザイナーで、いまは三十一歳だ。個性的な美人だが、美咲は結婚願望が強かった。いっこうにプロポーズをしない力丸に焦れて、彼女は去っていったのだ。

「やあ、しばらく！　もうどこかの誰かと結婚したんだろうな」

「意地悪ね。相変わらず独身よ。あなたの妻になれると思ってたんだけど……」

「おれは多情だから、結婚しないほうがよかったんじゃないのか。新しい彼氏は、どんな男なんだい？」

「残念ながら、まだフリーよ。何人にも交際を申し込まれたんだけど、その気になれなくてね。あなたと別れなきゃよかったわ」

「こういう場合、どう答えればいいのか」

「あっ、悩まないで。よりを戻そうなんて言わないから。でも、以前と同じスマホを使ってたんで、よかったわ。実は、お願いがあるの」

「何だい？」

「三十万円ほど貸してもらえないかしら？　二カ月後には全額返せると思うの。厚かましいお願いは承知なんだけど……」

「明日、きみの口座に振り込んでやるよ。口座番号を教えてくれないか」

「できるだけ早く借りられると、ありがたいんだけど。自宅マンションは変わってないんでしょう？」

「ああ」

「それなら、あなたの都合のいい時刻に鷹番のマンションに行くわ」

「まだ職務中だから、塒に戻れるのは午後九時ごろになりそうだな」

「それじゃ、そのころにお邪魔します。よく仕事を回してくれる広告代理店の経営状態が悪くなって、デザイン料の支払いが遅れてるのよ。いろいろ世話になってるから、しつこく催促もできなくてね」

「そうだろうな。三十万でいいのか？　五、六十万でもいいぞ」

「とりあえず、三十万円あれば、当座の支払いはできると思うわ」

「そうか。なら、三十万を催促なしで貸そう」

「無理を言って、ごめんなさい。それじゃ、部屋を訪ねます。よろしくお願いします」

「待ってるよ」

力丸は通話を切り上げた。

数秒後、ふたたびスマートフォンに着信があった。今度は井村香奈からの電話だった。

力丸は少し後ろめたさを感じながら、スマートフォンを耳に当てた。

「きみに会いたいと思ってるんだが、仕事に追われてるんだよ」

「そうなの。それじゃ、今夜も会えなさそうね」

「そうだな。ごめん！」

「もしかしたら、わたしのことを避けはじめてるのかな？」

香奈が言葉に節をつけて言った。

「何を言ってるんだ⁉　そんなわけないじゃないか」

「なんだか声が弾んで聞こえるから、別の女性とデートの約束でもしたんじゃないかと思ったの」

「本当に仕事で忙しいんだよ」

「その言葉を信じてもいいの？」

「もちろんさ。仕事なんかほったらかして、きみと乱れたいよ」

「そうしてちょうだい」

「勤め人になんかなるんじゃなかったよ。自由業だったら、好きな相手とデートする時間ぐらい作れるだろうしな」

「わたしに飽きたんだったら、ストレートに言ってね。一人相撲だったんなら、傷ついちゃうから」

「きみに疑われるのは悲しいな。これから、会社に放火するよ。オフィスが火事になったら、仕事をしなくてもいいからな」

「いまの冗談、なんか嬉しかったわ。わたし、もうわがままは言わない。時間の都合がついたら、電話かメールをちょうだいね」

「なんとか時間を作るようにするよ。もう少し待っててくれないか」

力丸は電話を切って、スマートフォンを上着の内ポケットに収めた。

自席を離れると、尾崎が話しかけてきた。

「女性からのお誘いの電話だったみたいですね」

「うん、まあ」

「気もそぞろなんでしょうから、きょうの捜査は切り上げます？」

「そうはいかないよ」

力丸は言って、尾崎の正面のソファに腰を落とした。それから間もなく、有村理事官が分室に現れた。

「力丸君、民自党の長老だった利根川晴夫（とねがわはるお）が自宅周辺を散歩中に爆薬を積んだドローンに激突されて爆死した。もう数カ月で満百歳になるほどの長寿だったんだが、九十九で生涯を終えた」

「利根川を葬ったのは、『救国同盟』臭いな」

「おそらく、そうなんだろう。利根川は歴代の首相をコントロールしてきたから、国家を私物化した超大物のひとりだ。いつかは謎のテロ集団に命を狙われると思ってたが……」

「自分もそんな予感は覚えていました」

「そう。捜査は空回りしてるようだから、きょうは早めに帰宅して頭と体を少し休めたほうがいいな」

「そうさせてもらうかもしれません。理事官、麻布署の捜査本部（チョウバ）に大きな動きはあったんですか？」

「いや、進展はないようだ。早く浦野議員と長谷部を成仏させてやりたいんだがね」

「もう少し時間をください。意地でも、捜査本部より先に真犯人をあげてみせます」

力丸は言葉に力を込めた。

有村理事官を交えて三人は、あれこれ推測をしてみた。しかし、具体的な作戦を練るまでの筋読みはできなかった。時間だけが虚しく過ぎていく。

部屋のインターフォンが鳴ったのは、午後九時数分前だった。

力丸たちコンビは午後七時過ぎに分室を後にした。二人は、どこにも寄らずに帰宅した。

力丸は、訪ねてきた美咲をリビングルームに通した。予め用意しておいた三十万円を封筒に入れたままで、美咲に手渡す。

「すぐに借用証を書くわ」

美咲が言って、バッグの中から便箋、ボールペン、印鑑を取り出した。

「そんなものは必要ないよ。きみを信用してるから、借用証は本当にいらないって」

「でも、それでは悪いわ。せめて利息は払わせて。といっても、お金に余裕がないから、体で……」

「困ってる女につけ込むようなことをしたら、男が廃る。二年ぶりにきみを抱きたい気持ちはあるが、そういうことなら、肌を合わせることはできないな。昔話が終わったら、帰ってくれないか」

「貸し借りは抜きにして、ベッドインしたいわ。わたし、一年以上もセックスレスだったの」

「それじゃ、ストレスが溜まりそうだな。挨拶代わりにナニするか」

「ええ、そうしましょうよ。先にシャワーを浴びてきて」

美咲が流し目をくれた。力丸はリビングソファから立ち上がり、浴室に足を向けた。

手早くボディーソープを全身に塗り拡げ、熱めのシャワーを浴びる。力丸は茶色いバスローブをまとい、居間に戻った。

美咲の姿は見当たらない。コーヒーテーブルの上には三十万円入りの封筒が置かれ、その下に走り書きのメモが挟んであった。

力丸はメモを手に取った。

〈別れた彼氏に甘えるのは、ルール違反ですよね。お金は親に借りることにします。心を惑わせるようなことを口走って、本当にごめんなさい。どうかお元気で！　美咲〉

訪問者は気が変わって、急いで辞去したのだろう。

美咲は気分屋っぽいところがあった。それにしても、なんだか妙だ。何か目的があって、急に自分に接近してきたのではないか。力丸は、そう思った。刑事の勘だった。

力丸はリビングの飾り棚に歩み寄った。

ブロンズの置き物を台座ごと引っくり返してみると、盗聴マイクがセロテープで固定されていた。以前の交際相手の女性関係が気になったとは考えにくい。

美咲は誰かに頼まれて、こっそり力丸の部屋に超小型マイクを仕掛けたのだろう。いま捜査しているのは、浦野と長谷部の事件だ。二人の死に絡んでいる人物が美咲を抱き込んだのではないか。

多分、いまも美咲は杉並区久我山の賃貸マンションで暮らしているだろう。力丸は身繕いをすると、盗聴マイクを上着のポケットに滑り込ませた。部屋を出て、マンションの地下駐車場に降りる。

マイカーは旧型のサーブだった。走行距離は四万三千キロそこそこで、エンジンの調子は悪くない。

力丸はサーブに乗り込み、美咲の自宅マンションに向かった。

目的地に着いたのは、およそ三十分後だった。力丸はスウェーデン製の旧車を路上に駐め、美咲の自宅マンションのアプローチを進んだ。五階建ての賃貸マンションだった。

力丸は集合郵便受けを見た。三〇二号室のメールボックスには、瀬沼というプレートが掲げられている。やはり、美咲は転居していなかった。

力丸は、ひとまず安堵した。美咲がどこかに引っ越していたら、転居先を調べる手間が必要だ。もう時間は無駄にできない。

エレベーターホールに向かいかけたとき、なんと前方から立花由華と美咲が歩いてきた。二人は話し込んでいて、力丸には気づいていない様子だ。

力丸は物陰に身を潜めた。

いったいどういうことなのか。頭が混乱しそうだった。

美咲と由華が集合郵便受けの前でたたずんだ。あたりに人影はなかった。

「先輩に無理なお願いをして、ごめんなさい」

由華が美咲に言った。

「いいのよ。預かった超小型マイクは見つかりにくい場所にセットしたんで、まず発見されないと思うわ」

「レコーダー付きの受信器は、力丸さんのマンションの植え込みの中に置いてきたという話でしたよね？」

「受信器も見つかる心配はないわよ」

「瀬沼先輩を巻き込みたくはなかったんですけど、やはり警察の動きは気になるんで……」

「由華、気にしないで。わたしも身内に犯罪被害者がいるんで、殺人者はすべて死刑にすべきだという考えに共感できたから、あなたに協力する気になったのよ」

「恩に着ます」

「レコーダー付きの受信器の音声は一日置きに聴いて、警察があなたたちを怪しんでるようだったら、すぐ連絡するわ」

「お願いします」

「あなたの大事な男性(ひと)の考え方にはわたしも賛成なんだけど、死刑廃止を訴えてる政治家や弁護士まで手にかけるのはやり過ぎなんじゃない？　元受刑者を私的に裁(さば)くことには抵抗は感じないけどね。死んだ五人は残虐な殺人を犯しながら、絞首刑にされることなく仮出所して、のうのうと暮らしてたんだから。命を奪われた被害者の身内にしてみれば、そんな理不尽なことは容認できないわ」

「そうですよね。彼の考え方は過激かもしれませんけど、二十一年前に実の妹がレイプされて猟奇的な殺され方をしたんです」

「殺害された後、加害者に乳房と性器を抉(えぐ)り取られたという話だったわね」

美咲が確かめた。

「ええ。彼の妹はまだ大学生で、大手企業の内定をもらえて喜んでたところに突然、人生を断ち切られてしまったわけだから、血縁者の怒りと悲しみは大きかったと思うんです」

「それは当然よね。犯人は八年弱で仮出所できたなんて、理不尽だと感じただろうな」

「彼の方法論にも問題はあるんでしょうが、加害者の味方をする風潮が高まったら、殺人事件の被害者たちは浮かばれませんでしょ？」

「ええ、そうね。由華、一つだけ訊きたいことがあるの」

「なんでしょう？」

「あなたが命懸けで好きになった相手は、多くの矛盾と不正だらけの日本をまともな国にしたいと願ってるんでしょう。だけど、まさか国家を私物化してた政治家、財界人、官僚、元老を次々に爆殺してきた例の『救国同盟』の黒幕じゃないわよね？」

「先輩、彼は法務省本省の刑事法制管理官なんですよ。死刑存続派ですけど、テロ集団とはなんの関わりもありませんよ。ええ、それは断言できます」

由華が抗議口調で答えた。

力丸は、そのことに引っかかるものを感じた。法務省本省のエリート役人なら、SITやSATの隊員や警察OBとは間接的に接点があるだろう。立花由華と親密な関係にある男性は元受刑者の闇処刑だけではなく、私利私欲に走った有力者たちの抹殺にも絡んでいたのか。

そのことを犯罪ジャーナリストの長谷部が調べ上げ、『新光クラブ』の浦野議員に報告したとは考えられないだろうか。

しかし、立花由華は浦野の姪だ。たとえ交際相手が捜査当局に怪しまれたとしても、血縁者や罪のない長谷部の口封じに加担するだろうか。

一般論だが、女性の多くはリアリストだという説がある。交際相手を庇うため、伯父を見殺しにするだろうか。そこまでドライにはなれない気がする。

だが、恋愛に一途にのめり込んだ女性が常軌を逸した罪を犯すケースもあることは事実だ。立花由華はそうしたタイプで、惚れた相手に協力する気になったのか。

「先輩、お願いしたことをよろしく頼みますね。それ相応のお礼はするつもりです」

「由華、わたしは謝礼が欲しくて協力する気になったんじゃないわ。おかしなことを言うと、怒るわよ」

「すみません。今夜は、これで失礼します。また連絡しますね」

由華が一礼し、賃貸マンションの敷地から走り出た。美咲がエレベーター乗り場に向かった。力丸は由華の後ろ姿を見ながら、軽い幻滅を味わっていた。惚れやすい性格を少し直す必要がありそうだ。

「忘れ物を届けにきたんだ」

力丸は美咲の背に声をかけた。美咲が振り返る。顔面蒼白だった。

「立花由華との遣り取りは立ち聞きさせてもらったよ。彼女は女子大の後輩みたいだな」

「………」

「ショックで口もきけなくなったか」

「由華は大学の後輩で、ワンダーフォーゲル部で一緒だったの。あなたを騙したくはなかったんだけど、十二年前にわたしの弟も無差別殺人事件の被害に遭ったのよ。弟は塾の帰りに刃物で刺し殺されてしまったの。まだ中三だったわ」

「そんなことがあったのか」

「犯人は精神鑑定で心神喪失だったとわかり、精神科病院に強制入院させられただけだったわ。服役は免れたのよ。通りかかった者を四人も殺傷した凶悪犯が死刑にならないなんて、身内としては納得できないわ。ね、そうでしょ？」

「弟のことを大学生のころ、立花由華に話したのか？」

「ええ、そうよ。それだから、由華はわたしに協力を求めてきたの」

「で、こいつをおれの部屋に仕掛けたわけか」

力丸は上着のポケットから、超小型盗聴マイクを抓み出した。掌の上で弾ませる。

「ごめんなさい。謝って済むことではないわね。わたしを捕まえて」

「元カノに手錠を打つほどの点数稼ぎじゃないよ、おれは」

「罪は見逃してくれるの!?」

「ああ、でっかい犯罪じゃないからな。だが、立花由華と交際相手の法務省高官の犯罪を大目に見るわけにはいかない。刑事法制管理官には会ったことがあるのか?」

「いいえ。でも、名前は知ってるわ。俵智親、四十四歳よ。妻子持ちなんだけど、由華はキャリア官僚にぞっこんみたいなの」

「そうなんだろう。俵の妹は二十一年前に暴行されて殺されたようだな」

「ええ、そうなの。由華の彼は、三つ下の真奈美という妹をとってもかわいがってたみたいね。美人で、頭もよかったんだって。不同意性交殺人犯は八年ほど服役して仮出所し、同じ犯罪を重ねたんで死刑判決を受けたんだけど、再審請求したんで……」

「死刑の執行はだいぶ先になりそうだな」

「二人の女性を辱めて殺害したのに、まだ拘置所で生きてるのよ。そんなのはおかしいでしょ?」

「心神喪失と鑑定された犯人には、責任能力がないとされるからな」

力丸は言った。

「他人事だから、そんなことが言えるんだわ。人殺しは犯行動機はどうあれ、死刑にすべきよ」

「だからといって、死刑制度に疑問を感じてる政治家や弁護士まで虫けらのように殺害するのは間違っている。日本は法治国家なんだ」

「わたし、その点については異論はないの。由華は否定したけど。彼、『救国同盟』にも関わっていると思うわ」

「そうか。立花由華には、警察は何も気づいてないようだと言っといてくれ」

「わかったわ。でも、それでいいの?」

美咲が探るような眼差しを向けてきた。

力丸は無言でうなずき、踵を返した。盗聴マイクは握り込んだままだった。俵と『救国同盟』の繋がりの確認を急ぐ必要がある。

5

邸宅と言えるのではないか。

法務省幹部職員用官舎は港区内にあった。

力丸・尾崎コンビは、官舎の近くで張り込んでいた。エルグランドの中だ。力丸は助手席に坐っていた。

美咲を問い詰めた翌朝である。七時半を回っていた。

「力丸さん、脇が甘いですよ。二年前に別れた元カノが急に訪ねてきて金を貸してくれなんて言ったら、まず何か企んでるなと怪しまないとね」

尾崎が微苦笑しながら、苦言を呈した。

「返す言葉がないな」

「敵にこちらの手の内を知られたわけじゃないんで、元カノを無罪放免にしたことは問題ないと思います。ですが、少し気を引き締めてほしいですね」

「尾崎に説教されるとは思わなかったよ」

「自分、生意気だったでしょうか」

「いいさ。相手が年上の上司でも言いたいことは臆せずに口にする。それが漢ってもんだ。茶坊主になることはないさ」

「そうですよね。それにしても、法務省の俵智親刑事法制管理官が『騎士団』に関わっているだけでも大問題なのに、『救国同盟』も操ってる疑いがあるとは驚きました。代理殺人ビジネスも多分……」

「まだ確証は得られてないが、大筋は間違ってないだろう。実行犯は警察関係者臭い。法務省のキャリア官僚なら、検察庁の幹部や警察の上層部と密接な関係にあるからな。俵の考えに共感したSITT隊員やSATのメンバーが『救国同盟』と名乗って、国家を私物化してた有力者たちを爆殺したんだろう。ひょっとしたら、SPや元SITの隊長クラスもメンバーに加わってるのかもしれないぞ」

力丸は言った。

「現職と元隊員たちの混成チームなんでしょうか」

「そうなのかもしれないな」

「腐り切った政財界人を暗殺して社会をよくしたいという気持ちはわかりますが、元受刑者や死刑廃止論者の命まで奪うのは、いわゆる世直しとは隔りがあるでしょう?」

「そうだな。俵は不同意性交殺人の被害者だった妹の恨みを晴らしたいという思いに突き動かされて『救国同盟』のメンバーのうちの何人かを抱き込んで、元受刑者や死刑廃止論者たちを片づけさせた疑いが濃い」

「世直しをしたいという思いから俵に協力したメンバーたちは、もう一つの闇処刑に加わる気にはならないんじゃないですか?」

「大半のメンバーは、そう思うだろうな。しかし、中には金に弱い奴もいるにちがいない。俵はそうしたメンバーに多額の報酬を約束して、復讐殺人の汚れ役をやらせたんじゃないだろうか」

「力丸さん、ちょっと待ってください。俵は国家公務員なんですよ。一億、二億の年収があるわけじゃありません。汚れ役を演じてくれた連中に払う成功報酬はどうやって調達したんです？」

　尾崎が素朴な疑問を口にした。

「まだ推測、臆測の域を出てないが、俵は関東誠道会の権藤会長と民自党の丹波議員の犯罪を恐喝材料にして、多額の口止め料をせしめてたんじゃないか。その金を元受刑者や死刑廃止論者たちを片づけてくれた実行犯に渡してたんだろうな。汚れた金の一部は、『救国同盟』の活動資金に充てられたとも考えられる」

「ああ、そういうことだったんですか。力丸さんの筋読みは正しいと思います。浦野議員の姪の立花由華は不倫相手の世直し計画に賛同したんでしょうが、それだけじゃない気がしますね」

「尾崎も読めたようだな。おそらく犯罪ジャーナリストの長谷部は、法務省の刑事法制管理官が権藤と丹波を強請ってたことも調べ上げ、浦野議員に報告したんだろう。由華は伯父の公設秘書のひとりだったんだ。当然、長谷部の報告内容を耳にしてたと思われるからな」

「なるほど、そういうことだったのか。好きでたまらない俵の犯罪が伯父によって暴かれたら、立花由華は不倫愛を貫けなくなるでしょう。それを回避したくて、消極的ながらも浦野と長谷部の口封じを手助けしてたんでしょうね」

「由華は、さすがに伯父殺しには協力しなかったと思うよ。ただ、俵が破滅するのを避けたくて、本人は傍観してたんだろうな」

「どちらにしても、母親の兄よりも俵の存在のほうが重かったんでしょうね」

「そうなんだろう。四十男は若い女を心身ともに蕩かす術を心得てるだろうから、由華は不倫相手と離れられなくなってしまったんじゃないか」

「妻子持ちに熱を上げた二十代の女性は、そうなっちゃうんですかね。俵が浦野と長谷部殺しの首謀者だとしたら、『騎士団』のメンバーが実行犯なんでしょう」

「そう考えてもいいだろうな」

「力丸さん、関東誠道会の田代はなんで浦野殺しの犯人に仕立てられそうになったんでしょうか」

「おそらく田代は俵と由華が不倫関係にあることを知って、キャリア官僚から金を無心しつづけてたんじゃないのかな」

「それ、考えられますね。別の暴力団の二十代の組員が喰えなくなったんで、ラブホで客の車のナンバーをメモして所有者を割り出し、五十数組の不倫カップルから口止め料をせしめてたんですよ」

「そうか。田代は俵を強請ったことで、殺人の濡衣を着せられかけたんだろう。俵は不倫のことで、田代に際限なくたかられることを恐れて、殺人犯に仕立てようとしたんだろうな」

「そうなんでしょうね。俵は妹のことで人殺しを異常なまでに憎んでたんでしょうが、死刑を廃止すべきだと訴えてた国交副大臣や人権派弁護士まで抹殺させるなんて、クレージーですよ。エリート官僚は学校秀才だったんでしょうが、性格が歪んでます。まともじゃありません」

「おれも、そう思ってるよ」

力丸は口を結んだ。

捜査対象者が官舎から現われたのは午前十時過ぎだった。職場に向かうには時刻が遅い。きょうは休暇を取って、どこかに向かうのではないか。

背広姿の俵は数百メートル歩き、月極駐車場に入った。尾崎が月極駐車場の近くの路肩にエルグランドを寄せた。

少し待つと、月極駐車場から黒いレクサスが走り出てきた。

ステアリングを握っているのは俵智親だった。同乗者はいない。レクサスが遠ざかる。

「追尾します」

尾崎がエルグランドを発進させた。

レクサスは都内を走り抜けると、東北自動車道の下り線に入った。エルグランドは慎重に俵の車を追った。

行き先に力丸は見当がつかなかった。どこか温泉地のホテルで、由華と落ち合うことになっているのか。それとも、マイカーで出張先をめざしているのだろうか。

レクサスは高速で走りつづけ、二本松ＩＣ（にほんまつインターチェンジ）から一般道に下りた。岳（だけ）温泉方面に向かい、次に国道四五九号を北上しはじめた。

「もう少し車間を取ったほうがいいな。車量が少なくなったんで」

力丸は尾崎に指示した。すぐに相棒が減速する。車窓の左手に、安達太良（あだたら）山の裾野が広がっていた。

「この道を真っ直ぐ進むと、土湯（つちゆ）温泉にぶつかると思います」

「尾崎、浮気相手と土湯温泉の宿でしっぽりと濡れたんじゃないか」

「力丸さんと一緒にしないでください。子供ができる前に、妻と一泊したことがあるんですよ」

「真面目もいいが、もう少し艶（つや）のある返しをしろって」

かね？」

「冗談のキャッチボールをしてる場合じゃないでしょうが！　俵の目的地はどこなんです

「『救国同盟』のアジトに行くつもりなんじゃないか。いや、そうじゃなさそうだな。世直しチームのアジトは、首都圏のどこかにあるんだろう。『救国同盟』は長老だった利根川を含めれば、十九人の要人を暗殺してる。メインのアジトは東京近郊にありそうだな」

「メンバーの多くが現職の警察官なら、そうでしょうね」

「分家筋に当たる『騎士団』の主要メンバーが元SITや元SATの隊員なら、地方のどこかに別のアジトを構えていても支障はないんじゃないか。闇処刑したのは元受刑者の五人、国交副大臣、人権派弁護士の七人と少ないからな」

「そうですね。立花由華の不倫相手は『騎士団』のアジトを訪ね、新たな元受刑者か死刑廃止論者の個人情報を実行犯に渡して、細かい指示を与える気なんじゃありませんか」

尾崎が言って、運転に神経を集中させた。

レクサスは塩沢温泉街の数キロ先を左折し、林道を進んだ。土湯温泉のだいぶ手前だった。エルグランドも林道に入る。あたりに民家は一軒も見当たらない。

力丸は罠の気配を嗅ぎ取った。俵は自分たちを人気のない場所に誘い込む気なのではないか。職業的な勘だった。

だが、力丸は相棒には何も言わなかった。不安を与えたくなかったからだ。

数分後、レクサスが大きなログハウスの車寄せに横づけされた。尾崎が心得顔でエルグランドを林道の端に停め、すぐにエンジンを切った。

「樹木の間に見えるログハウスが『騎士団』のアジトなんでしょうか」

「だろうな。ログハウスの横の自然林に分け入って偵察しようや」

力丸は小声で尾崎に言って、先に車を降りた。尾崎も運転席を離れた。

二人は自然林に足を踏み入れ、ゆっくりとログハウスに接近しはじめた。

折り重なった病葉（わくらば）を踏むたびに、かさこそと鳴った。力丸たちは足音を殺しながら、静かに進んだ。あたり一面に若葉の香りが満ち、むせ返りそうだった。

ログハウスは丸太の柵（さく）で囲われている。

力丸たちコンビは柵を跨（また）いでログハウスに忍び寄った。

力丸はシグP230Jの銃把（グリップ）に手を掛け、視線を巡らせた。

十数メートル離れた樹木の横に、手裏剣に似たナイフの束（たば）を握った男が立っていた。黒いフェイスマスクを被っている。長身だった。

その男の斜め後ろには、旧ソ連製の狙撃銃を構えた仲間の姿が見えた。やはり、フェイスマスクで顔面を覆（おお）っている。

「ボスの俵智親に命じられて、おれたちを殺(や)るつもりらしいな」

力丸は拳銃を引き抜き、手早く安全弁を外した。

そのとき、細身のナイフが飛んできた。ナイフは尾崎の左腕に浅く刺さった。

「てめえーっ」

尾崎がナイフを引き抜き、すぐに投げ返した。ナイフは敵の二人の手前の地べたに落ちた。

消音器付きの狙撃銃が小さな銃口炎(マズル・フラッシュ)を吐いた。力丸は肩で尾崎を弾(はじ)き、身を屈(かが)めた。

放たれた銃弾が頭上を疾駆(しっく)していった。衝撃波で、頭髪が揺らいだ。

「左腕の傷は浅いようだ。先に林の中に退避しろ」

力丸は相棒に命じ、シグＰ230Ｊで二発撃ち返した。

どちらも威嚇(いかく)射撃だった。初弾はナイフを投げた男の足許に着弾した。土塊(つちくれ)が跳ねる。

ナイフマンが反射的に退(さ)がった。だが、狙撃銃を持った男は後退しなかった。怯(ひる)むどころか、すかさず二弾目を放ってきた。

力丸は地に伏せた。

すぐ近くに着弾した。横目で尾崎を見る。柵を乗り越えかけていた。

力丸は横に転がって、柵に近づいた。ロールオーバーで柵を越える。

尾崎は太い樫に凭れ、ハンカチで左の二の腕を押さえていた。

「痛みは？」

「たいしたことありません。出血もそれほど多くないんで、充分に闘えますよ」

「無理するな。おまえはもっと奥まで逃げるんだ」

力丸は尾崎に言って、太い樹幹の陰に隠れた。尾崎が迷いを見せながら、自然林の中に分け入った。ナイフ使いの男が柵を跨ぎ越えた。もうひとりは狙撃銃を抱え、目を凝らしている。

ナイフマンが近づいてきた。力丸は相手を引き寄せてから、シグP230Jの銃口を背中に突きつけた。すかさず相手のナイフを奪う。

「大声を出したら、すぐ撃つぞ。おまえらは『騎士団』のメンバーだな。SITかSATに所属してたことがあるんじゃないのかっ。元隊員じゃないとしたら、現職だな。どっちなんだ？」

「なんの話をしてるんだよ」

相手が鼻先で笑った。

力丸は無言で、相手の左の太腿の裏側にナイフを突き刺した。少しもためらわなかった。

男が唸りながら、膝から崩れた。力丸は、男のフェイスマスクを剝いだ。

見覚えがあった。数年前までSATの隊長で、滝沢勇輝という名だったのではないか。三十四、五歳だろう。

「滝沢さん、どうしたんです？」

狙撃銃を持った男が言いながら、柵を越えて自然林の中に入ってきた。

林の中では狙い撃ちは、まず不可能だ。力丸は少しも恐怖は覚えなかった。

狙撃銃の男が身構えながら、近づいてくる。力丸は銃撃戦に挑む気だった。

男の背後で、人影が揺れた。なんと尾崎だった。いったん林の奥に向かったが、すぐに大きく回り込んで敵の後ろに迫ったのだ。

狙撃銃を持った男が気配で、小さく振り返った。

ほとんど同時に、尾崎が相手の首に太い腕を回した。チョーク・スリーパーで喉を圧迫された相手は狙撃銃を落とし、その場に頽れた。意識が飛んだ様子だ。

尾崎が相手のフェイスマスクを剝がした。

「力丸さん、この男はSATのスナイパーを務めてる二神貴徳です。三十三歳で、現職ですよ」

「そいつの狙撃銃を押収してくれ」

力丸は尾崎に言い、滝沢の太腿からナイフを抜いた。

切っ先から血の雫が滴った。すぐに五センチほど離れた場所にナイフを深く埋める。滝沢が長く唸った。

「こっちの質問に素直に答えないと、何回でもナイフを刺しつづけるぞ。そっちは『救国同盟』のメンバーだったんだが、俵智親に抱き込まれて五人の元受刑者、国交副大臣、人権派弁護士を『騎士団』の仲間と抹殺したなっ」

「………」

「痛いのが好きなのか。だったら、二十箇所ぐらい刺してやるか」

「やめろ！　そうだよ。おれたちは俵さんの世直し論に説得力があったんで、『救国同盟』のメンバーになったんだ」

「メンバーの数は？」

「八人だよ。みんな、SIT、SAT、SPのいずれかに関わりのあった連中ばかりだよ。おれたちは国家を私物化してる要人を皆殺しにして、日本を本気で再生させたいと願ってるんだ」

「しかし、金の魔力には克てなくなって、そっちと二神って奴は俵の頼みで五人の元受刑者と国交副大臣、人権派弁護士を殺害したんだな？」

「すべてお見通しか。標的を仕留めたら、ひとりに付き五百万円の成功報酬を払ってくれると俵さんが約束してくれたんで、手口を変えながら……」

「そっちは何人殺したんだ？」

「元受刑者三人、浦野、長谷部の計五人だよ。二神は二人の元受刑者のほか、山内、風早の四人を片づけた」

滝沢が言って、全身を硬直させた。眼前に狙撃銃を水平に構えた尾崎が立っていたからだ。

尾崎が滝沢を睨みつけ、無言で腹部を蹴り込んだ。滝沢は前のめりに倒れ込み、横転した。無様だった。

「俵が関東誠道会の権藤会長や丹波の犯罪を強請の材料にしてたことを知らなかったわけじゃないよなっ」

「知ってたよ。おれと二神が恐喝代理人として、俵さんの代わりに権藤と丹波を脅迫したんだから」

「二人から、いくら脅し取ったんだ？」

「およそ五億円だな。俵さんはその金を軍資金にして、世直しする気でいるんだ」

「そっちと二神が『騎士団』と称して、元受刑者と死刑廃止論者を処刑したことを残りの六人のメンバーは知ってるのか？」

「薄々、気づいてるメンバーもいるだろうな。しかし、誰も何も言わないよ。六人とも、俵さんの世直し計画に賛同してるんだ。おれと二神が俵さんの恐喝代理人をやってたことも、知ってるんじゃないのかな。『救国同盟』の活動資金が必要なわけだから、あえて誰も反対しないんだろう」

「てめえらはおかしい」

尾崎が滝沢の頭頂部に踵落としを見舞った。滝沢が顔面を下生えの中に埋めた。

「こいつもチョーク・スリーパーで眠らせてくれ。おれはログハウスにいる俵に迫る」

力丸は尾崎に言うなり、樹間を縫いはじめた。柵を飛び越え、ログハウスのテラスに駆け寄る。

テラスの階段を駆け上がったとき、ログハウスの中で銃声が轟いた。俵が心理的に追い込まれて、自ら死を選ぶ気になったのか。

力丸はサッシ戸を蹴破って、ログハウスの広い居間に突入した。

由華を弾除けにした元SPの千堂洋警部が放心状態で立っている。その右手には、グロック26が握られている。オーストリア製の自動拳銃の周りには硝煙がたなびいていた。

ソファセットのそばには、左の肩口を撃たれた俵が横向きに倒れている。

「拳銃を捨てないと、あんたを撃つ」

力丸は、四つ年上の千堂にシグＰ230Ｊの銃口を向けた。千堂は黙ってグロック26を床に置いた。

「殺す気はなかったんだ。われわれ『救国同盟』の主要メンバーは俵さんの世直し計画に賛同して、私利私欲を優先させてる要人たちを闇に葬ってきた。だが、俵さんの世直しは一種のカモフラージュで、真の目的は報復殺人と死刑廃止論者の一掃だったにちがいない。金に釣られた滝沢と二神が俵さんに抱き込まれてしまったが、ほかのメンバーの多くは日本を再生させられるなら、人生を棒に振ってもいいと捨て身になったんだよ。それなのに、ボスは自分の手は一切汚さずに私的な恨みを晴らした。われわれは、うまく利用されたわけだ」

「そうじゃないわ。俵さんは本気で、この国の怪物どもを退治する気なのよ。妹さんの復讐もしたかったのかもしれないけど、それだけが目的じゃなかったの」

由華が言って、床のグロック26に目をやった。力丸はシグＰ230Ｊの引き金を絞った。銃声が耳を撲つ。薬莢が右横に弾き出された。

放った銃弾はグロック26に命中した。小さな火花が散る。グロック26は床を四十センチほど滑走した。

「きみの伯父と長谷部は俵の配下の滝沢勇輝に殺された。そうだなっ。それを知りながら、不倫相手を庇おうとした。どうかしてるぞ」

「わたし、俵さんが死ぬほど好きなのよ」

由華が泣き崩れた。千堂が吐息をついた。

力丸は床のグロック26を拾い上げ、呻いている俵に近寄った。俵はすべての容疑を認め、命乞いをした。

「あんたは殺す値打ちもない」

「なら、救急車を呼んでくれ」

「急所を外れてるから、死にやしないだろう。後方支援班が東京から駆けつけるまで、三時間ほど痛みに耐えるんだな」

「千堂君、きみに撃たれた事実は黙っといてやるから、すぐ一一九番してくれないか。一生のお願いだ」

俵が涙声で哀願した。千堂は冷ややかな笑みを浮かべたきりだった。

力丸はシグP230Jをホルスターに突っ込み、利き手で懐から刑事用携帯電話を摑み出した。

やっと真相に迫れたが、心は晴れなかった。

二〇一七年七月祥伝社文庫刊

光文社文庫

闇処刑　警視庁組対部分室

著者　南　英男

2025年1月20日　初版1刷発行

発行者　三宅貴久
印刷　堀内印刷
製本　ナショナル製本

発行所　株式会社　光文社
〒112-8011　東京都文京区音羽1-16-6
電話（03）5395-8147　編集部
8116　書籍販売部
8125　制作部

ISBN978-4-334-10538-9　Printed in Japan

組版　堀内印刷